安永の椿

柄戸 正
TADASHI KARATO

万来舎

この物語は史実にもとづいたフィクションです

目次

装幀　鈴木伸弘
写真　ヴォルフガンク・フリーベル

プロローグ

成田空港を飛び立ったルフトハンザ711便は順調に飛行を続け、日本海を後にしてロシア領上空にあった。座席の前のシートテレビの画像には今日の飛行ルートが示されていた。その航路は私の知るシベリア中央を通るものから大きく北に逸れ、北極圏に近いものだった。

私は不思議に思ってそばを通りかかったフライトアテンダントに聞いてみた。

「今日はどうして北極寄りの航路を飛ぶのですか？」

「風の具合かと思います」

彼女はそっけなく答えた。

そんなものかと仕方なく納得して、運がよければオーロラが見えるかも、などとたわいない期待を抱いたものだった。

一人旅の私の隣は幸運なことに空席で、これで飛行機の長旅も多少楽になるかと思った。それ以外は熟年の団体旅行客で埋まっていた。後ろの席からは、これからの旅行についての初老の夫婦の話し声が耳に入ってきた。

「お父さん、フランクフルトに着いたら次はどこに向かうんだっけ?」

「何度も言ったろ。マドリッドだよ」

亭主が不機嫌に答えた。

「そうそう、この時期のドイツは寒くって旅行するにはきついから暖かい国にしたんだよね」

「スペインとポルトガルの早春の旅というわけさ」

そんな会話を聞きながら、私は今回の旅行に同行しなかった女房との会話を思い出した。彼女には詳しく説明して一緒に行かないかと誘ったのだった。しかし冬のドイツは天気が悪く寒いから止めておくというのが最終結論だった。

「それなら一人で行くよ」

「どうぞ、ご自由に。ドイツの『椿伝説』の探求であれば一人の方がいいかもね。五月だったら喜んで行くんだけれど」

「五月じゃ遅いんだよ」

私は後顧の憂いなく気ままで自由の利く、しかも身軽な旅に出たというわけなのだ。

女房といえば今頃はケーキ作りの友達を我が家に招いて、コーヒーを飲みながら皆で四方山話に花を咲かせているに違いない。

昨年の秋、私は長年勤めた会社を定年で辞めて毎日家で過ごす時間が多くなった。今まで趣味で集めた品々の整理やら、これから何か始めようとあれやこれや思いを巡らすことで退屈することはなかった。そもそも何かを始めようと思い立ったのは女房の毎日の暮らしぶりを改めて認識してからだった。

私は建設会社に勤める技術系のサラリーマンだった。四十年近い勤務のうち、その半分以上が海外の建設工事に関係していた。技術部にいた頃は、何か事が起こると押っ取り刀で東京の本社を飛び出ていくことが度々だった。場合によっては、一度の出張が三か月にも及ぶことも稀ではなかった。退職後、古い記憶も総動員して調べてみると、今までに訪れた外国はプライベートな旅行も含めて三十五か国にもなっていた。現役の頃は仕事が忙しく、家庭を顧みることはあまりなかった、というよりできなかったのだ。

今でこそ子供たちも巣立ったものの、女房も随分苦労したことは間違いない。退職して家にいるようになって、いまさら彼女のやることに文句を言えるはずもない。彼女はケーキ作りの他には、パッチワーク、華道、書道、日本舞踊といった具合にそれぞれ趣味を同じくするご婦人たちとほとんど毎日にぎやかにやっている。亭主の不在中にひとりぼんやりと家の中で過ごすより遥かに精神的には健康に良いはずである。

そんな退職後のある日、テレビのニュースが伝える椿の花の映像を見て、その昔訪れたドイツのドレスデンで耳にした「椿伝説」を思い出したのだ。

あれは確か一九九八年の十二月初めだった。ポーランド南部のカトヴィッツェ郊外、ティヒという町で私は建設プロジェクトの担当をしていた。仕事で付き合いのあったドイツ人からドレスデンに行かないかと誘われたのだった。ポーランドの暗い冬の憂鬱さを持て余していた私は仕事の合間に数日の休暇をとって出かけていった。友人が日本語を話すガイドをつけてくれるという。ドレスデンは二度目だった。だから別段必要ではなかったものの、厚意は喜んで受けることにした。現れたのは大学でヤパノロギー、つまり「日本学」を勉強したという女性だった。マルチーナという一児の母で、親切で感じの良い人だった。

ツヴィンガー宮殿で日本から十七世紀に渡来した磁器のコレクションを見学している時だった。大きな伊万里の壺には赤い椿が鮮やかに描かれていた。

「ドレスデンには日本から来た椿の木があるのをご存知ですか？」

壺を見ながらマルチーナが言った。

「いや。本当の椿の木ですか。そんな椿が実際にあるのですか？」

「郊外にあるピルニッツという離宮の庭園に、二百二十年前に日本から来たという椿があります」

「本当ですか？　信じられないなあ」

「今でもとても大事にされて、もうしばらくすると綺麗な花をたくさん咲かせます」

その時は話題の椿を訪ねる時間がなくてそのままになってしまったのだった。

この彼女の言葉がなぜか私の脳裏に残っていたのであろう。日本の椿の便りを見て突然その時のことが蘇ってきたのだ。そうだ、あの椿は一体どうなっているのだろう。思い立ったが吉日。もはや拘束されない身の私は居ても立ってもいられず、飛行機の座席を予約したのだった。

ひとりそんなことを思い出していると、さっきまで無愛想だったフライトアテンダントが話しかけてきた。乗客の食事が済んで少し仕事に余裕ができたのだろう。あるいは熟年夫婦の団体の中で一緒に旅する連れのいない私に同情したのかもしれない。

「何か飲み物をお持ちしますか?」

「ウィリアムスはある?」

「残念ですがありませんわ。コニャックならありますが」

「それで結構」

「コーヒーか紅茶をお持ちしますか?」

「コーヒーを御願いします。ところでフランクフルトの天気はどう?」

「曇り、時々雨、気温四度。三月初めの普通の天気です」

彼女はにこやかに答えてくれた。

飛行は順調だった。私は「椿伝説」について出発前に調べた資料を読み返した。それによると確かにピルニッツの宮廷庭園の一角にその木はある。言い伝えによると、スウェーデン人の医者であり植物学者でもあったトゥーンベリーが日本から持ち帰ったという。トゥーンベリーは江戸時代にオランダ商館のある長崎に来て、当時の日本について詳細な記録を書き残している。しかし生真面目なこの学者は、椿については何も語ってはいない。今回の旅では現地でもう少し詳しい情報を得たいと思っていた。

今回の旅行の主目的はドレスデンの椿を見ることで、それ以外は特に決めていなかった。フランクフルト空港に到着したのはもう午後も遅い時間だった。空港の中に予約したホテルでとりあえず一泊した。

最近はインターネットで簡単に予約ができるようになって便利になったものだ。他人の手を煩わせる必要が全くなくなった。飛行機、ホテル、車を予約しておけば小さな手荷物ひとつで身軽な外国旅行ができる。明日はゆっくり朝食を済まして空港からレンタカーを借り、アウトバーンの5号線を北に向かい、バート・ヘルスフェルトの手前から4号線に入ってそのまま行けば目的地のドレスデンだ。天気の悪い冬のドイツということで、今回はナビも予約してある。遅くても午後三時には着くだろう。まずは時差ぼけを直さなくては。そう思いつつ浅い眠りに就いた。


ドイツのザクセン州の首都ドレスデンは、バロックの都、北のフィレンツェとも呼ばれ、エルベ河の畔にある。そこから南東に十キロ河を遡ると、河畔にピルニッツと呼ばれる離宮が優雅な佇まいを留めている。この城は一七〇六年にザクセン国王アウグスト強王の所有となった後、彼は当時流行していた東洋趣味で城を改造させた。屋根は一見支那風に反り上がっていてどこか異国情緒を醸し出している。その敷地の西側には散策のための大庭園が設けられている。

その一角に不思議な円筒形をしたガラスの温室がある。直径は十五メートル、高さは十三メートルほどもあろうか。その中には一本の大きな椿の木が鎮座している。この地の春は遅い。三月になっても庭園の木々はまだ冬の眠りから覚めてはいない。しかしこの温室の中はすでに春爛漫の装いである。椿の大木は無数の赤桃色の花をつけている。まるで椿の森の中にいるような感じさえする。温室の高い位置には周囲を巡る散策の通路が設けられ、椿の巨木を上から見下ろすこともできる。その椿の根元には小さな金属板が立ち、次のような説明が記されている。

この椿は一七七六年日本から輸入され、ロンドンのキュー植物園を経て鉢植えでピルニッツに来た。一八〇一年にはすでに宮廷庭師のテルシェックによりこの場所に植えられている。防寒対策のため一九九二年に移動式のガラスの温室が建設され、コンピューター制御の暖房が施された。

私は改めて椿の大木を見上げて佇み、その大きさに驚いた。そしておぼろげな昔の記憶を辿っていた。イギリスの中央部西海岸に近いチェスター郊外にグローブナー家の所有する邸宅がある。今から三十年も前だったろうか。私はそこの庭園の一般公開の日、椿を集めた温室を訪ねたことがあった。そこにあった椿はこのような大きなものではなかった。それ以外にもヨーロッパ各地の城にはオランジェリーと呼ばれる、いわば温室があり、そこで椿を見かけたこともあった。

どのくらい時が経ったろうか。気がつくと隣に若い女性が立っていた。

「驚かれました?」

彼女が私に話しかけた。

私はその声の主に視線を移した。

長い黒髪、色白の顔立ち、唇は燃えるような紅をたたえ、その瞳は漆黒の輝きを放っている。稀に見る美しい人で周囲が急に明るくなったようだ。

「ああ、日本の方ですか。いやはや、とても驚きました。はるばるこの椿を見に日本から来た甲斐がありました。それにしても一七七六年にこの地に来たというのは本当ですか？」

感心した私に彼女はにこやかに微笑みながら言った。

「厳密には来た年は違います。とても大切に育てられたのは事実ですわ。でもこの説明書にはもうひとつ間違いがあります」

「一体何が違うのですか？」

「〝ロンドンのキュー植物園を経て〟というのが違います。そのように今日まで伝えられているのですが、この椿は日本から直接この地に来たのです」

彼女は確信に満ちた声で答えた。

「あなたはこの椿について随分詳しいですね。この土地で研究でもされているのですか？実は私はこの椿の伝説を調べたいと思ってやって来たのですが」

私は重ねて聞いてみた。

「……」

しばし沈黙が続いた。彼女はその問いには何も答えなかったが、真剣な、優しく輝く眼差しで私をじっと見つめていた。その表情は私に何かを問いかけるようで、あるいは何かを命じるような不思議な思いにさせた。

「それにしてもガラスの巨大な温室とは恐れ入りましたね」

私は話を変えた。

日本にも熱帯植物園と称して大規模な温室が各地に建設されている。そこには「旅人の木」や「椰子の木」が聳えていて、訪れる人々に南国への旅情をかきたてている。しかし特定の木のために温室が設けられているのはそうめったにあるものではない。

「この温室は五月になるとレールの上を移動して、椿は屋外で葉を茂らせるのです」

確かに地面にはレールが伸びている。

「昔はどんな温室だったのでしょうか？」

私は聞いた。

「もちろん昔はこんなモダンな温室ではなかったわ」

「冬のこの地方は零下二十度以下になることもありますね」

「昔は秋になると木造の温室を造って、隣の炉で火を焚いて暖かい空気を送り込んだのです」

「それは毎年大変な仕事ですねえ」

「一九〇五年の冬でした。暖房の火が燃え移って温室が焼け落ちてしまったのです」

「えっ！　それで椿はどうなったのですか？」

真冬の火事と聞いて驚きは益々大きくなった。

「駆けつけた消防隊がポンプを使って放水して火を消しました。椿も炎に包まれました。その時椿にかけた消火水があっという間に凍ってしまったのです。でもその氷が椿を火から守ったのです」

「でも椿も相当傷んだでしょうね？」

「もちろんですわ。でも春になって焼け焦げた枝から若芽が出て息を吹き返したの。人々の喜びもひとしおでしたわ。そしてまた毎年のように赤桃色の美しい花をたくさん付けるようになったのです」

この椿の話に驚いて私はさらに聞いた。

「どうしてこの椿がはるばる江戸時代の日本からこの土地に来たのですか？」

「トゥーンベリー先生が送ったのですわ」

「確かスウェーデン人の植物学者でしたね？」

「その通りです。徳川将軍家治の安永五年、出島に来た方ですわ」

「わからないなあ。なぜ彼がこの椿をここに送り、なぜこの地でこれほど大切にされたのか」

もっと詳しく聞こうとして横に立っている彼女を見たその瞬間、温室の中に一陣の風が舞った。椿の大木の枝はそよぎ、無数の葉と花がざわめいた。そのさざめきの中で彼女は私の意図を無視するようにつぶやいた。

「私、もう行かなければなりませんわ」

私は椿の木陰に消えていく彼女の優美な後姿を見つめるばかりであった。

一　リンネ

一七七〇年のよく晴れた初夏の朝だった。首都ストックホルムの北約七十五キロのウプサラ郊外ハンマルビーにある、カール・フォン・リンネ教授の屋敷の書斎の窓から明るい陽光が差し込んでいた。自らウプサラ大学で学び、一七四一年にこの大学の教授に就任して以来、彼の名声は益々高まっていた。各国から優秀な学生達が彼に学ぼうとこの大学に集まってきていた。最近では彼の講義は大学で行われることは稀であり、普段は私邸の書斎か、その敷地に彼が自ら造った植物園で行われていた。

今や六十三歳のリンネ教授はすでに植物学、博物学、医学の権威であった。当時の医学は植物学とともに自然科学の分野に位置づけられていた。病気の治療には薬草の知識が不可欠であり、医師には植物学の専門知識を習得することが求められていた。

書斎の扉をノックする音が聞こえた。

「どうぞ、入り給え」

扉を開けて入ってきたのは教授の弟子で、二十七歳のカール・ペーター・トゥーンベリーだった。彼の名前は日本ではツュンベリー、あるいはツンベルクとも言われている。

「トゥーンベリー君、早速来てくれてありがとう。元気かな？　研究の方は進んでいるかね？」

「はい、リンネ教授。元気です。研究の方も順調です」

「そうか。それは良かった。まあ、座り給え。今日君を呼んだのは話があるのじゃ」

教授はこの時代のヨーロッパの習慣にしたがって長い鬘《かつら》をかぶっていた。強大な権力を持つフランスの国王が始めたもので、ライオンのたてがみを想像させる長い髪は強い男の象徴なのだ。このところ体調を崩していた教授はゆっくりと立ち上がり、分厚い書類を書架からとり出して机の上に置き、トゥーンベリーの顔をじっと見つめた。

「博物学の研究を始めた当初、わしはウプサラ大学から奨学金をもらってスウェーデン北部のラップランドの探検を行ったのだが、そのことは君も知っておるだろう。そこから得られた知見を論文にまとめたのじゃ」

「はい、私もその論文は読んでおります、リンネ先生」

トゥーンベリーは当然という顔つきで答えた。

彼の表情は柔和で、自信に満ちた眼差しは光り輝いていた。それは優しさに満ちてはいたが、時には猛禽類の持つ鋭さを思い出させた。しかし彼は決して人に威圧感を与えることはなかった。むしろ優男のような印象を与えたかもしれない。内に秘める情熱、真理に向かって進む意志の力が、彼の眼差しの鋭さに集約されているのだった。

リンネ教授は話を続けた。

「その後、わしは二十八歳の一七三五年にオランダに行き、そこで医学を学び、植物の〈分類法〉の論文を世に出したのじゃ」

「先生の画期的な業績については私もしっかり勉強いたしました。先生の名を不朽にしたのは植物の性の存在を明らかにしたこと、つまり〈めしべ〉と〈おしべ〉のメカニズムを解明したことでした。もうひとつは動植物の分類法としての『二名法《にめいほう》』を確立したことでした」

「その通り。これは動植物をラテン語で属名と種小名で表記する方法じゃ。ちなみに椿はカメリア・ヤポニカ（Camellia japonica　和名ヤブツバキ）とわしが名づけたことは君も知っておるな。椿を初めてヨーロッパに持って来たのはモラビア（現在のチェコ）生まれのゲオルク・ヨゼフ・カメルという男だ。彼はフィリピンにいたことがあり、一七〇〇年頃スペインにもたらしたらしい。そのカメルにちなんでわしは〈カメリア〉と命名したのだ。椿は日本に多く自生していることが知られており、それでヤポニカと名を付したのじゃ」

「先生は日本に行く計画もお持ちでしたか？」

「いや、そこまでは考えていなかったな。オランダにおった時からアフリカを目指す探検航海に行きたいと思っておったのは確かだが、その機会を逃してオランダからスウェーデンに戻ったのは、ヨーロッパ政治の雲行きが怪しくなってきたからじゃ。今から思うと、その機会を逃したことは悔やまれてならんのよ。

しかしその二年後の一七四〇年に、オーストリアのハプスブルク家の跡継ぎを巡る継承戦争がプロイセンとの間で始まったのだ。その翌年、今度はスウェーデンとロシアの間に戦争が始まった。わが国が一七二一年に失った領土の回復を目論んだこの戦争は、スウェーデンに痛ましい荒廃をもたらしたのだ。

その後一七五七年、オーストリアとプロイセンとの間にまた七年戦争が始まった。それを好機と見たスウェーデンはプロイセンに攻め入り、やはり失地回復を図ったものの結果は思わしくなかった。つまり一七六三年までヨーロッパは戦乱の時代が続いたというわけだ」

「先生の活躍されたのは戦争に明け暮れていた時代だったのですね」

「そこでじゃ、トゥーンベリー君。今は平和な時代になった。しかしわしは年を取ってもはやアフリカへ行くことはできん。君にそのチャンスを与えようと思う。君の将来は自分で切り開かねばならんが、その前に医学の最新の知識を深めてもらいたいと思う。どうかね？」

教授の思いがけない言葉に、トゥーンベリーは一呼吸入れて答えた。

「はい、先生、ありがとうございます。喜んでお受け致します」

リンネ教授は年齢よりずっと若く見える、ふっくらとした顔に喜色を浮かべた。

机の上の書類を見ながら彼は続けた。それにはトゥーンベリーの行った研究内容が記されていた。

「ありがとう、トゥーンベリー君、君の返事を聞いてとても満足じゃ。君はわしの下で『リンパ管について』の研究をまとめたのだったな。その後取り組んだのはこの大学のシドレーン教授の下で、確か『座骨神経痛』の研究じゃったな。世の中が進歩すると腰痛に悩む者が多くなるものじゃ。その意味で君の仕事は実に未来を志向しておる」

この当時、今では想像できないことだが、担当教授が学生の研究内容を論文にまとめるのが慣わしだった。教授はトゥーンベリーの医学の仕事に満足していた。しかしさらに勉強させようと考え、トゥーンベリーに言った。

「さらに研究を進めるにはパリがよかろう。君のために申請する奨学金はフランスでの医学の勉学には最適のものだ。さらにわしはパリにいるベルナール・ドゥ・ジュシュー教授とは旧知の間柄でな。教授は現在パリの植物園におり、彼の兄弟のアントワーヌとジョゼフも高名な植物学者なのだ。それに彼らの甥のアントワーヌ・ローラン・ドゥ・ジュシューはほぼ君と同年齢じゃな。フランスを代表する植物学者の一族じゃ。彼らが君の医学の勉強の手助けをしてくれるだろう」

トゥーンベリーは教授の配慮と、自分にかけてくれる期待と信頼に心から感激した。

「パリに行く前にオランダのアムステルダムにおるわしの友人、医者であり植物学者のブュルマン教授を訪ねてくれたまえ。彼の息子のニコラス・ローレンス君を知っておるかな?」

トゥーンベリーはこの人物のことをよく記憶していた。

「そうか。それは好都合じゃ」

教授は遠い昔を思い出すように視線を窓の外に向けた。

「わしがアムステルダムにいたときにはブュルマン家に下宿してすっかり世話になった。その後、息子が生まれて父親と同じ道に進むことになり、わしの所に来て勉強を続けたわけじゃ。あれは確か一七六〇年だった……君が大学に入ったのはいつであったかな？」

「翌年の一七六一年です、先生。当時の私には彼は偉大な先輩でした」

トゥーンベリーは恩師とブュルマン親子の長年にわたる親密な関係を理解した。

「それではまずアムステルダムに行く準備から始めてくれたまえ」

「ありがとうございます、教授」

トゥーンベリーは胸の高鳴りを覚えながら教授の書斎を辞したのだった。

リンネ教授は、当時のヨーロッパ世界の博物学の第一人者であった。彼は自分の教え子たちを探検旅行に送り出し、そこで得た情報、体験、知識の報告を受けることによって、いわば当時では最先端の世界情報センターを築いているのだった。彼の教え子たちはキリスト教を広めた人々に因んで「使徒」と呼ばれていた。

その一人にダニエル・ソランダーがいる。教授は彼をイギリスに送り、一七六八年からジェームズ・クックの南太平洋の航海に同行させていた。トゥーンベリーの聡明さを高く評価していた教授は、パリでの研究の後、トゥーンベリーにも「使徒」としての使命を与えようと考えていた。その行き先がアフリカであることを、トゥーンベリーは今日はっきりと知らされたのだ。

出発の前、トゥーンベリーにとってもうひとつ大切な仕事が残されていた。それは彼の恋人のビルギッタとの別れであった。リンネ教授からパリの大学に行く話が出た後はしばらく、彼は彼女にどう話を切り出したものか思い悩む日々を過ごした。

ビルギッタは彼が大学在学中に下宿していたルーダ家の娘であった。彼女の父親はトゥーンベリーを自宅に住まわせながら、彼の勉学の師の役も務めていた。そして彼の将来に大きな期待を抱いていた。将来トゥーンベリーが医師として独立した暁にはビルギッタとの結婚をと考えていた。この時ビルギッタは十八歳の美しい娘であった。

木々が生い茂り夏の風が吹き抜ける白樺の森の小径を、トゥーンベリーはビルギッタと二人、手をつなぎながら散歩していた。鳥が囀り、小川のせせらぎは快い水音をたてていた。

「ビルギッタ、君に話さなければならないことがあるんだ……」

思い切って口に出したものの、その後が続かない。

「どうしたの？　あなたらしくないわ」

ビルギッタは訝しげな眼差しをトゥーンベリーに向けた。

彼は立ち止まり、ビルギッタの両手をしっかりつかんで彼女の青い瞳を見つめた。そよ風が彼女の金色の髪を優しく撫でた。

「実はパリに行くことになった……」

「カール……あなたもいよいよ外国に行くのね。リンネ教授の所で勉強している人たちは大勢外国に出かけていることは知っているわ。でもパリと聞いて安心したわ。パリであればそれ程長い期間じゃないのね」

ビルギッタはこの日の来ることを漠然とは感じていた。しかし彼の行く先を聞いて、一抹の寂しさの中にも喜びの気持ちが半ば忍び込んでいるような気がした。彼のような優秀な若者は外国に行ってその学問を深め、やがてさらに逞しくなって彼女のもとに戻ってくるのだ。

「もちろんだよ。パリの大学での勉強はそれ程長くなることはないと思うよ」
トゥーンベリーは朗らかな声で答えた。
ビルギッタはトゥーンベリーの胸に顔を埋めた。口に出そうとする言葉は頬を濡らす涙に溶け込んだ。二人は悲しいけれど明るい口づけを交わした。

一七七〇年八月十三日、トゥーンベリーがウプサラを出発した時、彼は小さなアルバムを携えていた。これには彼のこれから九年間に及ぶ世界半周旅行で知り合うであろう人々の名前が記されることになっていた。出発に先立つ八月九日、リンネ教授はこのアルバムに餞《はなむけ》の言葉を書き記した。それはローマ時代の詩人ウェリギリウスの箴言であった。

業績によって名を高めることは徳の成せる業

リンネ教授のトゥーンベリーに寄せる期待は大きかった。

二　ブュルマン

ウプサラを出発したトゥーンベリーはそこから南西に三百キロの故郷、イェンシェーピングに戻り家族に別れを告げた。彼はベッテルン湖畔のこの町で生まれたのだ。七歳の時、父が亡くなった。父親は対岸の石灰岩を生産する会社で石を計量して記帳する仕事とともに、小さな商売を営んでいた。しかし残された妻と二人の息子に財産を残すほど豊かではなかった。妻のマルガレータは懸命に働き、乏しい家計の中から子供の教育費を捻出した。

やがてトゥーンベリーの母は再婚した。彼が小学校を終えると、新しい父親と母は彼が商人の道に進むことを望んだ。しかしトゥーンベリーの小学校の教師は彼の聡明さに気づいており、両親に彼を学問への道に進ませるよう熱心に勧めたのだった。

かくしてトゥーンベリーは一七六一年、十八歳でウプサラ大学に入学、そこで学業に励み、九年後のこの日を迎えることになったのだった。

トゥーンベリーは故郷の懐かしい人々に別れを告げ、一路西海岸のヘルシングボリに向かった。そこで船に乗りこみ対岸のデンマークの僅か四キロしか離れていないヘルシンゲール港に着いた。ここにはシェークスピアのハムレットの舞台となったクロンボルク城が聳えていた。そこから南に首都のコペンハーゲンに行った。そこでウプサラ大学の友人と会い、植物園を見学しながら二人は将来の夢を語り合う機会を持つことができた。

コペンハーゲンからはユトランド半島の先端スカーゲンを回り、北海に出てオランダ、テセル島のアウデスヒルト港に着いた。テセル島は弓状に点在する西フリージア諸島のひとつで、北海から吹き寄せる風によって島には砂丘が形成され、トゥーンベリーには見慣れない風景だった。港は内海のワッデン海に面しており、多くの大きな帆船で賑わっていた。

遠いバタヴィア（現在のインドネシアのジャカルタ）からアフリカのケープ総督府（現在のケープタウン）を経由して到着したばかりの船からは夥しい積荷が降ろされていた。バタヴィア人や南アフリカの黒人もおり、異国情緒溢れる光景にトゥーンベリーは目を見張った。彼はアウデスヒルトから小舟に乗り替えてアムステルダムに向かった。

アムステルダムに着いた時はもう初冬の夕闇が迫っていた。運河に面する家には明かりが灯され始めた。早速上陸して近くの宿に旅装を解いた。窓の外には、人々が行き交う賑やかな通りが続いていた。数日、トゥーンベリーはアムステルダムの町を散策して過ごした。リンネはブュルマンに宛てた手紙でトゥーンベリーの来訪を知らせていた。

来訪予定日の朝、彼は宿から馬車に乗り込むと一路アムステルダム大学を目指した。運河をいくつか越えたかと思うと、まもなく目的地に到着した。訪ねるヨハネス・ブュルマン教授は、一六三二年に設立されたこの大学で教鞭をとっていたのだ。ウプサラ大学と比べてこぢんまりした建物ではあったが、歴史の風格が感じられた。入口の守衛所で案内を乞うと、人の良さそうな背の高い初老の門番がにこやかにトゥーンベリーに笑いかけ彼を中に導いた。リンネと同年輩の背の高い白髪の鬘の老人が彼を迎えた。老人の端正な顔立ちはすらりとした体軀に調和していた。

リンネがいかにも学者らしい雰囲気を醸し出しているのに比べ、ブュルマンは学者ではあるものの、オランダの東インド会社の重役でもあり、経済界の第一人者に相応しい実務者風の重厚さを漂わせていた。

「トゥーンベリー君かな。リンネ教授から手紙をもらって君の来るのを待っておった」

ブュルマンはラテン語でにこやかに話しかけた。学者たちは大学でラテン語を使っていたため、意思の疎通には苦労しなかった。

「船旅はどうであったか?」

「北海は波も穏やかでデンマーク経由の船旅は快適でした」

「リンネ教授は元気でおるかな」

「とても元気ですが、このところ多少健康に支障をきたしておいでです」

教授の近況についてトゥーンベリーは詳しく話した。

「そうか……それは心配じゃ。長く健康でいてもらいたいものだが」

懐かしい友人の身を気遣う気持ちがトゥーンベリーにも伝わってきた。

「君はパリに行って医学の研鑽を積むことになっていると聞いておるが」

「はい、ウプサラ大学での課程はすでに終わり、パリでさらに知識を深めるつもりでおります」

自信に満ちた声でトゥーンベリーは答えた。

「よろしい。さすがリンネ教授が推薦した若者じゃ。パリ出発までの宿はわしの自宅でよかろう。リンネ教授も若い頃、一時我が家に住んでおった。夕食には息子のニコラスも呼んである。ゆっくり君の話を聞こうではないか。これからわしは会議があって失礼するが、ここにおる者が我が家まで君を連れてきてくれる手はずじゃ」

トゥーンベリーは感動と感謝の言葉を述べて、部屋を後にする教授を見送った。

トゥーンベリーは案内人の馬車から降り立ってブュルマン家に到着した。教授の家も運河に面しており、間口は狭いが奥行のある立派な邸宅であった。内装も豪華だった。召使いの若い女が客人のために用意された二階の部屋に彼を案内した。美しく飾り立てられた客間だった。壁には花や魚を細密に描いた静物画が掛けられていた。マントルピースの上には美しい磁器の花瓶が置かれていた。

「ひとまず夕食までごゆっくりなされますように。何か用事があればお呼び下さい」

そう言い残すと召使いは出ていった。

トゥーンベリーは荷物を整理してリフレッシュすると、窓を開けて外の運河を行き交う小舟を見つめていた。その運河はアムステルダムの港に繋がり、そこから北海に、ドーバー海峡を過ぎて大西洋に達して、そして……。これから始まる新しい日々を想像してトゥーンベリーはいつまでも運河を見つめて飽きなかった。


夕刻に同じ召使いの女が扉をノックした。

「皆様お揃いでございます」

階下の食堂に案内されると、そこにはブュルマン家の三人が待っていた。教授は夫人のアドリアーネを紹介した。

「あなたがトゥーンベリーさん。お話は息子からも聞いておりますわ。リンネ教授の手紙でも存じております。どうぞ我が家でごゆっくりなされますように」

エレガントな夫人と握手を交わすと、隣に立っているニコラスと顔を見合わせた。

青年は笑みを満面に浮かべ、旧友のトゥーンベリーの手を固く握りながら言った。

「やあ、本当に久しぶりだね。元気そうで何より。いよいよ冒険に繰り出すそうじゃないか。リンネ教授は元気かな」

お互いの近況を伝え合う会話が飛び交った。

やがてにぎやかな食事が始まった。教授はグラスを挙げて、トゥーンベリーの訪問とパリ留学を祝して乾杯した。

アムステルダムの港で水揚げされて調理された魚が食卓に運ばれてきた。大きなヒラメだった。それに珍しいレモンまで添えられている。

「このレモンはわしの温室でできたものでの」

ブュルマンは誇らしげに語った。

トゥーンベリーは、恩師のリンネも自分の庭に温室を作って南国の植物を育てていたことを思い出した。

食事の合間にトゥーンベリーはふと視線を食堂の戸棚に向けた。そこには数々の色あでやかな磁器が並べられていた。

「あれは日本製の有田焼という磁器じゃ」

教授はさらに居間の小机の上に飾られている壺を指さした。それには赤い花が描かれていた。

「あれも日本から来た物での。最近では貴重な物じゃ。ところで君は磁器には興味はあるかな？」

トゥーンベリーは専門外の意外な質問に面食らって、頭を左右に振った。

「それでは少し長くなるが、磁器について話をして聞かせよう」

トゥーンベリーは食事をする手をしばらく休め、初めて聞く磁器を巡る話に耳を傾けた。

「磁器といえばまずドイツのザクセン国王、アウグスト強王から始めねばなるまい」

ブュルマンの口調はまるで大学の講義のようになった。

「アウグスト一世は一六七〇年生まれで、ザクセン国王の威名をヨーロッパ中に轟かせた人物であった。一六九七年以降、ポーランド国王及びリトアニア大公の称号を合わせ、アウグスト二世となったことは君も知っておるであろう。彼は建築に対して大いなる興味を持っており、ドレスデンに華麗なバロック様式のツヴィンガー宮殿を造り上げた。郊外にあるピルニッツの支那風の離宮も彼のものであった」

ここで教授は一息入れて、新たに注がれた白ワインに口をつけた。

「ここでオランダ東インド会社が大きな役割を演じるのじゃ。国王の磁器への関心は深く、この会社から購入したコレクションは膨大なものであった。明が滅んだ後の清の製品を始め、日本から大量の磁器がヨーロッパにもたらされていた。日本との貿易を独占していた東インド会社の当時の利益は莫大なものであった。

ザクセン国との関係を密なものとするため、エルベ河を挟んだツヴィンガー宮殿の反対側にオランダ公使は大きな館を購入した。この建物を人呼んで『オランダ宮殿』というのじゃ。後にアウグスト強王はこの建物を手に入れ、それを彼の磁器コレクション展示のために使用しようとした。

この計画は実現しなかったが、ここで開催された祝典には多くの彼の収集品が陳列されたのだ。その後この建物は何度も改築され、屋根が東洋的な反り上がった形を持つようになった。それ以来この館は『日本宮殿』と呼ばれ今日まで存続しておる」

国王の権力をもってする個人の趣味の威力はすごいものだとトゥーンベリーは思った。さらに教授は話を続けた。

「ここにひとりの錬金術師が登場するのじゃ。一六八二年生まれのヨハン・フリードリッヒ・ベットガーなる人物である。彼はプロイセンのベルリンで薬剤師の修業を始めたが、安物の金属を金に変える錬金術への興味を募らせていった。錬金術を懐疑的に思っている者の前で彼は銀貨を金貨に変えてみせた。どのようなトリックを使ったかわからないが、その噂は徐々に広まっていった。

そのことはついにプロイセン国王、フリードリッヒ一世の知るところとなった。国王は彼を雇い入れるとの意思を伝えたが、ベットガーは自分のいんちきがばれて身が危うくなると思って逃亡してしまった。怒った国王は懸賞金をかけて彼の行方を追わせた。彼は命からがら逃げおおせて、ついに懸賞金の効力の及ばない隣国ザクセンにいる叔父のもとに逃げ込んだ。

この事件は波紋を広げ、アウグスト強王の耳にも達した。強王はこの錬金術師に大きな興味を抱いた。そしてついにはフリードリッヒ一世との間でベットガーを巡る争いに、つまり国と国との紛争に発展してしまった。結局この争いはアウグスト強王の勝ちとなり、ベットガーはドレスデンに連れてこられ、錬金術の実験を強要されることになったのじゃ」

トゥーンベリーは教授の話が思わぬ展開を見せたことに驚いた。

「宮殿の地下室には錬金術の実験室が設けられ、その設備はベットガーの望むがままだった。さらに二人の化学者がそれに加わった。フォン・チルンハウスとフォン・オーハインだった。アウグスト強王は錬金術とは別に、日本や清から輸入する磁器を何とか自前で製作できないか、チルンハウスにその試作をも命じていたのじゃ。チルンハウスは錬金術がいかさまであることを知っており、ベットガーに磁器の研究の方が身のためだと諭したのだ。そのことはアウグスト強王にはあくまでも秘密であった。ベットガーはそれに同意して研究対象を磁器の開発に変えたのじゃ。

一七〇五年に戦争が始まる懸念が広がり、実験室はドレスデンの宮殿地下室からエルベ河上流のマイセンに移転することになった。河畔の山上にあるアルブレヒトブルク城の実験室に移った三人は、磁器の開発に拍車をかけた。ところがスウェーデンとの戦争が始まり、そこも安全ではなくなった。そこでベットガーはザクセン南部のケーニッヒスシュタインという難攻不落の要塞に移された。その要塞で一年間研究が続けられたが、実験設備も十分ではなかったため、さらにドレスデンのユンクフェルンバスタイと呼ばれる要塞に引き移った。

一七〇六年、ここでついに磁器の製作に成功したのだった。これは褐色の磁器で、後にベットガー磁器と呼ばれるものであった。金を造るという当初の目的とは違ったものの、磁器の製造に満足したアウグスト強王は本格的な製造工場をマイセンに設立した。

ベットガーはマイセンの責任者として一七〇七年、とうとう白色の磁器の製作に成功した。これが今日まで続くマイセン磁器の始まりであった。これによってアウグスト強王は東インド会社から磁器を購入する必要はなくなり、これをザクセンの国庫を潤す一大産業に育成することにした。

一七一〇年の政令で『王立ザクセン選帝侯磁器製作会社』が設立されたのだ。一七一四年、ベットガーは長かった幽閉生活からようやく解放された。しかしマイセン磁器の製造の秘密を守るため相変わらずザクセンでの拘束された生活を強いられていた。しかし彼の若い時からの夢、錬金術を諦めきれずにいた。その研究を続けることがようやく許されたものの、一七一九年、実験中に吸い込んだ有毒ガスのため、彼は三十七歳でこの世を去ってしまった。彼の錬金術は完成を見ることはなかったが、磁器の製作という画期的な発明をヨーロッパにもたらした功績は実に偉大であった」

「奇想天外な話ですね」

感心してブュルマン教授の話に耳を傾けていたトゥーンベリーは言った。

「話は少し遡るが、支那では明が滅んで清が支配権を握った後、一六五六年に海外貿易が禁止されたのじゃ。その穴を埋めるように日本製磁器が大いにヨーロッパに輸出されるようになったわけじゃ。日本に拠点のあった東インド会社の先見の明ということじゃな」

教授の視線は小机の上の有田焼の壺に向けられた。

「柿右衛門といわれる名人のもので、特に白地に赤い花の色合いがとりわけ美しい」

トゥーンベリーもその壺を見つめて言った。

「あの花は椿ですね」

トゥーンベリーの言葉に教授は微笑んだ。

「さすがじゃ。君は実際の椿を見たことがあるかね」

今まで教授の話に加わらなかったニコラスが笑いながら口を開いた。

「あはは。父さん、ウプサラの植物園に二株あるのは知らないかい？」

ニコラスとトゥーンベリーは顔を見合わせて笑った。どうやら椿については二人の若者の方が詳しそうだった。

今度はトゥーンベリーが教授に説明した。

「商業顧問の肩書きを持つラーガーシュトレームという人物が支那から茶（Camellia sinencis）の苗を二株持ってきたのです。ご承知のようにスウェーデンでも最近は茶を飲む習慣が普及して、茶を栽培する関心が高まっていたのです。

リンネ教授や植物専門家の間では、この茶の葉がどうもおかしい、少し大き過ぎるのではないかという意見が出ておりました。やがてその茶は花を咲かせました。それは何と椿だったのです。植物としての茶は当時の支那では輸出禁制品でしたので、商人に一杯食わされたという話です」

そこに食卓にはデザートのタルトと紅茶が運ばれてきた。

「これは支那からもたらされたキーマンという茶で、色合いがとても美しい」

教授は一息入れてさらに話を続けた。

「ヨーロッパで磁器の製作が開始されたちょうどその頃、日本では新しい政策が実施されたのじゃ。一七一五年に新井白石という秀才学者の政治家が徳川将軍に進言した貿易の総量規制じゃよ」

教授の知識は豊かで話は尽きることがない。

「貿易の総量規制とは一体何のことでしょうか」

トゥーンベリーが聞いた。

「簡単に話を要約するとこういうことじゃ。すでに鎖国政策を実施して海外との貿易を長崎に限定していた徳川幕府は、その規制をさらに強化したのだ。つまり幕府の財政状態の悪化を食い止めるべく、国外への金銀の流失を防止するために貿易量を削減したのじゃ。清から渡来する船の数量を年間三十隻、取引額は銀六千貫、オランダとは僅か二隻、取引額は銀三千貫とする命令だった」

教授は一同が理解していることを確認すると続けた。

「これで荷の嵩張る磁器などはもはや貿易の主要な対象にはならなくなったのじゃ」

教授はトゥーンベリーが理解できるように簡単に説明を続けた。

「そのため手に入れるのが難しくなった日本の磁器は急に値段が高騰したのだ」

そうか……ここに飾られている有田焼の価値はどのくらいなものなのかと、トゥーンベリーはマントルピースの上に飾られている花瓶を見つめた。

「もっとも清では外国との貿易が再開され、安価な磁器の輸入が盛んに行われるようになっていた。しかし日本製でないと気が済まないと言う者もおった」

「しかしマイセンではヨーロッパ独自の磁器生産が本格的に始まっていたのではないですか」

トゥーンベリーは質問した。

「その通りじゃ。一七一〇年以来、ザクセンでの磁器製造はそのノウハウを守るため、厳重な秘密管理の下で進められた。工程は細かく分けられ、全体像が把握できないよう保たれていた。しかし各国は磁器制作の秘密を探るべくマイセンに産業スパイを潜入させた。その中の一人、磁器製作化学者のサムエル・シュトルツェルはついにその秘密を携え、オーストリアに逃亡した。神聖ローマ帝国カール六世の庇護の下、その都のウィーンで、彼は一七一八年、ついに磁器製造工場を建設することができた。これがマイセンの初めての競争相手となった『アウガルテン』じゃった。

さらにマイセンで働いていたデュポア兄弟はパリに行って『セーブル』の工場を一七三八年に開いた。一度流失した技術はその秘密を留めておくことは容易ではない。一七四七年にはハノーバーに『フュルステンベルク』が製作されるようになった。イギリスでは磁器ではないが、『ウェッジウッド』の開業は一七五九年だ。日本の経済政策、それが有効であったかどうかは知らん。その貿易制限がヨーロッパの磁器開発に拍車をかけたことは事実なのだ」

そこで息子のニコラスは言った。

「国が権力で輸出品目を規制や禁止したりすると、それに代わるものが開発される原動力になるものさ」

教授は最近のマイセンの磁器のトレンドについて説明を加えた。

「最初の頃は支那や日本のモチーフを真似て東洋風なものが多かったという。石榴《ざくろ》の実を見たこともない絵付師にはそれがタマネギに見えたのであろう。果実をデザインしたタマネギ模様と呼ばれるマイセン独特のものが生まれ、一七四〇年から盛んに制作されるようになっていた。特にヨーロッパ特有の発展は磁器に彫塑的要素を加えたものだ。すでにアウグスト強王の時代から、宮廷で使用される皿や器に加えて動物の形や人形が作られ始めた。キルヒナーやケンドラー等の名人は大型の彫塑的磁器を生み出していった。

そして今日ではその作品が小型化して、人形や動物のミニチュアが主流を占めるようになった。この古典的な流行とは別に、セーブルやウェッジウッドでは独自のスタイルが流行しておる。このようにヨーロッパの陶磁器産業は今やそのデザインを競う時期にあるといえるのじゃ」

トゥーンベリーはこの夜、俄かに磁器の専門家になったような気がした。

翌日、ブュルマン父子はトゥーンベリーに、自宅にある世界中から収集された貴重な博物標本を見せてくれた。彼の自宅の庭には「英国風庭園」が作られており、トゥーンベリーが見たこともない植物が植えられていた。ブュルマンは自分の豊富な蔵書を収めた図書館も彼に自由に使わせてくれたのだ。当時のアムステルダム大学の規模は小さく、教授は自宅で講義することが多かったのも頷けた。そのうえ、ライデン大学のファン・ローイェン教授を紹介してくれた。大学植物園には東インド会社のもたらした異国の植物が数多く植えられており、トゥーンベリーは間近にその植物を観察することができた。

息子のニコラスはウプサラ大学に留学した折に収集したスウェーデンの鉱物、植物、海草などの標本を数多く保管していた。ところがそれには名称が記載されていなかった。ニコラスはトゥーンベリーにそれを書き入れるよう頼んだところ、彼は何の苦労もなくその仕事を片付けてしまった。トゥーンベリーはウプサラを出発する前に医学部の博士論文を提出しており、それらの標本が何であるか明確に記憶していたのだ。彼には何の参考書も必要なかった。

息子から話を聞いたブュルマンはトゥーンベリーの知識に驚き、それに磨きをかけようと考え始めた。

「そうだ、彼を博物学者として東インド会社の船でケープ総督府からバタヴィアに行かせよう！」

ブュルマンは早速トゥーンベリーの意思を確かめた。

「私もバタヴィアにはとても興味があります。喜んでその提案をお受けします」

トゥーンベリーは燃えるような情熱を全身に表して答えた。

しかしその言葉とは裏腹に、彼は恋人のビルギッタを思い出した。パリでの勉強を終えてすぐ戻るという彼女との約束を思い出した。彼女に何と伝えたら良いか……。

トゥーンベリーは楽しくしかも有意義ではあるが、何か心にひっかかるものを感じながらの日々をアムステルダムで過ごした。そしてブュルマン家を辞してパリに向けて旅立ったのはすっかり木々が葉を落として寒さが感じられる十二月の初めであった。

アムステルダムから小舟でテセル島の港まで行き、風を待った。帆船に乗りドーバー海峡を抜け、フランスのル・アーブル経由でセーヌ河を遡りルーアンの町に着いた。ゴシックの大聖堂が聳え、トゥーンベリーはその威容に圧倒された。ここからは船に代わって陸路パリに向かった。パリの城壁をくぐったのは冬の短い陽が落ちて暗くなった頃であった。馬車を降りて近くの宿を取り、初めてのパリの夜をそこで迎えた。

アムステルダムも都会であったが、ここはさらに大都会である。夜になっても外の喧騒は続いている。人々は田舎育ちのトゥーンベリーの想像できないような夜の賑わいを楽しんでいる。女たちはその媚態で道行く男たちを誘う。芝居小屋では想像できないような美女たちが絢爛たる舞台を繰り広げている。着飾った歌姫は鳥のさえずりのような声で楽しげな歌を歌う。それは一転して哀調を帯びたメロディーとなり切々と観衆に訴えかける。

トゥーンベリーは時の経つのを忘れるほどだった。

こうして数日をパリの町を見て過ごしたトゥーンベリーに、いよいよパリ植物園に向かう日がやってきた。宿を出てしばらく走ると、馬車はセーヌ川にかかるポンヌフを渡った。川に沿ってセーヌを遡ると、左手のシテ島に壮大なノートルダム寺院が見えた。トゥーンベリーはそのゴシックの大聖堂にまたも目を見張った。やがてサンルイ島が見えてきた。馬車は軽快に走り続けた。間もなく目指す植物園に到着した。

「ベルナール・ドゥ・ジュシュー教授にお会いしたい」

トゥーンベリーは入口で来訪の旨を告げた。門衛は親切にも彼の旅行カバンを携え、中に導いてくれた。大きな建物の二階の一室に通された。しばらく待たされた後で部屋に入ってきたのは鷲鼻で恰幅のよいベルナール・ドゥ・ジュシュー教授だった。彼は一六九九年生まれでリンネ教授より八歳年配だった。

「ようこそ。君がトゥーンベリー君か。待っておったぞ。リンネ教授から手紙をもらってての」

トゥーンベリーは丁重に挨拶すると、恩師からの推薦状を手渡した。

「リンネ教授に変わりはないかな。多少体調を崩したと聞いているが……それで君の留学目的は医学の研鑽だったの」

そう言う教授にトゥーンベリーは今回の留学の目的を簡潔に説明した。

「なるほど。東インド会社の船に乗るのか。私の弟のジョゼフも植物学者で、今は南アメリカに行っておる。なかなか大変な所のようでの」

教授の家系はフランス植物学の名門であった。彼の兄のアントワーヌはやはり高名な植物学者で、この植物園の園長を務めたのだった。

「ところでわしの甥も今ここにおる。ちょうど良い。彼を紹介しよう」

そう言うと教授は机の上の呼び鈴を振った。入ってきた男に彼の甥を呼ぶように言った。しばらくしてやってきたのは若い好青年だった。

「これが甥のアントワーヌ・ローラン、つい先日、大学を卒業してこの植物園に勤めることが決まったばかりなのじゃ」

青年はにこやかにトゥーンベリーと硬い握手を交わした。彼は後にリンネの分類法を発展させる業績を残し、フランス革命後に植物園から分離して設立された国立自然史博物館の館長となる。

アントワーヌ・ローランはトゥーンベリーに話しかけた。

「これから世界の冒険旅行に出発するのですか」

トゥーンベリーはパリに来た目的を語った。

「まだ行き先がはっきりと決まったわけではありません。一応、ケープからバタヴィアに向かうという話が出ています。その前提でパリでは医学の研鑽を積もうと思っています」

そこでベルナール教授は甥に言った。

「君は大学を出たばかりで内部の事情には明るいだろう。トゥーンベリー君に大学を案内してやってくれたまえ。それと落ち着き先の大学寮に連れていってくれないか」

「喜んで。その前にこの植物園を案内しましょう。珍しいものがたくさんありますよ」

この青年の話は実に興味深かった。三人の叔父が揃って植物学者であり、幼い時から世界各地の珍しいものに取り囲まれ、すでにフランス植物学会の新しいリーダーとしての雰囲気を醸し出していた。

アントワーヌ・ローランは植物園を案内しながらその歴史について説明した。

「この植物園の前身は、ルイ十三世が一六三三年に設立した王立薬草園に遡ります。当時のソルボンヌ大学の権威に対抗するのがその設立の目的だったのです。そして一六三五年には一般にも公開されるようになりました。ここは単なる植物園ではありません。植物学始め、化学、動物解剖学などが、優秀な学者によって講義される大学の一部でもあるのです」

ウプサラの冬とは比較にならない温暖なパリの気候に驚きながら、こうしてトゥーンベリーは留学生活の第一歩を踏み出した。

トゥーンベリーはパリの大学とオテル・デュおよびシャリテの病院で解剖学、外科及び産科医学を学んだ。特にオテル・デュはその設立は紀元六六一年に遡る長い歴史を持つ病院であった。患者が健康を取り戻すまで病院に留めるという、当時では先進的思想のもとで運営されていたことは大きな驚きであった。トゥーンベリーのパリ滞在は僅か八か月であったが、フランスの先端医学に触れたことの意味は実に大きかった。

さらに彼の滞在中で特筆せねばならないことがある。一七七一年二月、当時のスウェーデン皇太子だったグスタフ殿下がパリを訪問、トゥーンベリー始め数人のスウェーデン人に会われたことだった。

彼は将来の計画についてもこの貴人に熱っぽく語った。

その二日後、殿下は国から父の突然の死の凶報を受け、グスタフ三世として王位を継承することとなった。翌年彼は政権を自らの手に掌握してこの国に繁栄の時代をもたらすのだ。この良き時代は「自由の時代」と呼ばれ、この国王の死の一七九二年まで続く。いわばこの新しい時代の夜明けをトゥーンベリーはパリで迎えることができたのだ。

トゥーンベリーの不在中にブュルマンは彼のアイデアを具体化することに奔走した。その間にトゥーンベリーの最終目的地はバタヴィアではなく日本が良かろうという方針が固まっていった。その主たる理由は日本の植物界の情報がヨーロッパに少なく、是非とも日本の珍しい植物を持ってきてほしいという要望であった。リンネの息のかかった弟子を送り出すことはその目的に適うことであった。

それまで日本の気候がオランダとよく似ていることは知られていた。日本の植物を輸入できればそれを増やし、各国に販売することにより投資資金の回収が見込まれた。幸い東インド会社は長崎の出島に独占貿易の拠点を持っていた。当時、博物学者を探検航海に送り出すことは、多大な危険を伴うばかりでなく、多額の投資資金が必要であった。その費用を捻出するために、ブュルマンは多くの有力者に出資を働きかけた。やがてアムステルダムの市長、東インド会社重役、資産家などが賛意を示して出資に応じてくれたのだ。

そこでブュルマンは、リンネに今までの経緯と、トゥーンベリーを日本に派遣する許可を求める手紙をしたためた。

ブュルマンの手紙を受け取ったリンネは、このところ相次いだ「使徒」たちの遭難事故に弱気になっていたところだった。しかしブュルマンの熱心な手紙に励まされ、トゥーンベリーを日本に派遣することに賛成する旨の返事を書き送った。

一方、パリにいるトゥーンベリーはリンネに、ブュルマン父子の提案に関する手紙をしたためた。このような壮大な計画には師の援助が不可欠であることを彼は十分に認識していた。

「昨年オランダに滞在中、ブュルマン教授から博物学者としてバタヴィアに行かないか、という提案がありました。しかし私にはそのような大航海は初めてであり、それを可能にする経済的余裕がないことを申し上げました。彼はそれを実現するよう努力しようと約束してくれました。そして数日前に私のところに彼から手紙が届いたのです。その中で最終的に私の目的地が日本に決定した、と伝えてきたのです。出発は今年の秋になるというのです」

トゥーンベリーの手紙に対してリンネの答えは、

「日本に向けての船旅は危険に満ちたものであろう。しかしそこでの数年の経験と成果は我が国で働く十倍に匹敵するものとなろう。日本に関する専門の植物学者の報告は少なく、ごく限られている。しかし想像してみたまえ。君はドイツ人のクライヤーとケンペルに続く三人目の日本滞在経験のある学者になろうとしているのだ。それは君の輝かしい将来を約束するであろう。日本に行くには喜望峰を経由せねばならない。それは一石二鳥のチャンスでもある。アフリカの調査も可能ではないか」

トゥーンベリーはビルギッタにもこの間の事情を説明する手紙を書き送った。

「愛するビルギッタ、君は元気でいるだろうか。僕もすこぶる元気にパリの日々を過ごしている。ここでの研究はとても先進的で面白い。ウプサラでは想像できないような刺激と魅力に満ち、僕の知識に輝きと厚みをもたらしてくれる。

けれど今日は君に伝えなければならないことがあってこの手紙をしたためている。実はパリでの留学期間が終わったら一度アムステルダムに戻り、そこで医師としての試験を受けることになった。それは遠い日本に行く前提でもある。君と交わした約束、つまりパリで学んだ後に故郷に戻ることは残念ながらすぐには実現できないことになってしまった。君はきっと悲しむに違いない。君から益々遠ざかることは僕も悲しい。けれど何か大きな力が僕を突き動かしているような気がする。アムステルダムに戻ったらまた君に便りを出そう。

故郷の夏の森の小径の口づけを思い出しながら、君のカールより」

一七七一年七月、アムステルダムに戻った彼は再びブュルマン家の客人となった。二度目のアムステルダム滞在中にトゥーンベリーは外科医の試験を受け無事に合格、ついに東インド会社の社員として採用されたのだ。そしてその年の十二月、彼は東インド会社の医師としてアムステルダムから南アフリカのケープ総督府に向けて出発することになった。その時の彼の正式な地位は「非常勤外科医」であった。その理由は常勤医師とは異なり常に航海する船に乗っている必要はなかった。ケープで任意の期間、研究に集中できるという利点があった。

出発を前にしてブュルマン家の人々はトゥーンベリーの壮途を祝して宴を開いてくれた。そこには市の有力者、ライデン大学、アムステルダム大学、東インド会社の関係者が多数招かれていた。ホスト役のブュルマンは挨拶した。

「尊敬する皆様。ここにスウェーデンの青年、トゥーンベリー君が東インド会社の一員としてケープ総督府を経てバタヴィアに旅立とうとしています。さらにそこから遥かな日本にも赴こうとしています。日本との貿易はここ数十年来、利益のあまり期待できない状態が続いております。

しかしながら、学術研究の意味では興味深い分野が未知のまま残されております。トゥーンベリー君には是非とも、植物園に貴重な植物を数多く蒐集して送って戴くことをお願いします。そのためにここにおられる皆様に資金を提供していただいたことを申し添えておきます。彼の旅の平安と大いなる成果を期待しております」

多くの人々の温かい志に接してトゥーンベリーは幸せであった。

しかしビルギッタのことを思うと、彼のその幸せは暗い影に覆われてしまう。

彼はビルギッタに宛てて手紙を書いた。

「いとしのブリギッタ、海の向こうには君がいるというのに、今の僕は君に逢いに行くことができないでいる。そしてさらに遠くに向けて船出しようとしている。今の僕には自分の将来がどんなものになるか想像することもできない。今伝えることができるのは、必ず君のもとに戻ってくるという僕の意志だけだ。未知の世界にいても僕の心はいつも君と一緒だ。僕の心は愛する君のもの。

心からの口づけを君に贈る、カールより」

トゥーンベリーがアムステルダムから出発する数日前、彼は故郷のリンネから手紙と小包を受け取った。その手紙にはこう記されていた。

「トゥーンベリー君、君のフランスでの研修は有意義なものであったと思う。いよいよ日本に向けて出発するにあたり、是非とも君に渡したい書物を贈ることにしたのだ。ケンペル博士のことについてはすでに触れた。彼は長い冒険旅行を経て日本に行って貴重な体験をしたのだ。彼は自らこの冒険旅行に関する貴重な著作を残したが、後世に広く読まれているのが、彼の死後、英国で出版された『日本誌』である。この本を是非持っていきたまえ。君の日本滞在中の重要な道しるべとなるであろう」

教授の手紙は次の言葉で締めくくられていた。

「一六八三年、ケンペルもまたウプサラから旅立ったのだ」

三　ケンペル

今日も激しいスコールに見舞われた。熱帯の雨は尋常な降り方ではない。まるで空に大きな川があってそこから水が降り注ぐようだ。激しい雨音を聞きながらケンペルは東インド会社の重役アンドレアス・クライヤー博士と面談していた。

「バタヴィアの総督府が開設されたのは一六一九年だった。その当時この町はジャカトラと呼ばれていたが、オランダ人のヤン・ピーテルスゾーン・クーン、後の総督となる人物がイギリスとの抗争を経てそこを占領した。オランダのラテン語名に因んでバタヴィアと命名されたというわけだ」

クライヤーはバタヴィア総督府の沿革の概要をケンペルに説明していた。彼はがっしりとした体格の大柄な男だった。四角張った顔は自信と威厳をたたえ、ケンペルには東インド会社の権威を目の当たりにしているように感じられた。やがて彼はケンペルの履歴書を見ると、二人の会話をオランダ語からドイツ語に切り替えた。

「名前はエンゲルベルト・ケンプファー。一六五一年、ドイツのヴェストファーレンのレムゴ生まれ。これはまた何という偶然か」

クライヤーはそう言うと改めてケンペルの顔をまじまじと見つめた。

ケンペルの今までの人生行路は、当時にあっても相当な波瀾に満ちたものであった。その荒波を越えてきた彼の強靭な精神力は、彼の容貌からはほとんど窺い知れなかった。彼の顔立ちは柔和ではあったが、その眼差しからは知性が溢れるようであった。そして黒く太いその眉は彼の意志の強さを明確に表していた。

「久しぶりに同郷人と心置きなく国の言葉で話し合える。私はカッセルの生まれだよ」

東インド会社のアジアの本拠地、バタヴィアに来たばかりのケンペルにとって、驚きはノアの洪水のような雨ばかりではなかった。面談している重役が同国人だという。

「ドクター・クライヤー、本当ですか？　馬で行けば僅か一日の距離ですね」

「人生というのは不思議なものだ。この赤道に近いバタヴィアで故郷の人と巡り合えるとは。さあ、ケンペル君、あなたがここに来るまでのことを話してもらおうか」

「わかりました。長い話になりますが、かまいませんか?」

「ケンペル君。ここでは時は止まっているも同然。季節が変わるわけでもなく、ただ太陽が昇り、沈むだけの単調な毎日の繰り返しにすぎない。あなたのここに至る話はさぞ波瀾万丈の物語であろう。是非聞かせていただこう」

「それでは私の生い立ちから話を始めます。私は牧師の次男として生まれました。幼少の頃から故郷を離れ、ハーメルンのラテン語学校、その後リューネブルク、リューベックで歴史と諸外国の言語を学びました」

「ドイツの北にある由緒ある都市だな。幼い時から各地の学校で学んだのは君が優秀であることの証だ」

「その後、ポーランドのダンツィッヒ、トルン、クラコフ、それにプロイセンのケーニッヒスベルクで哲学と歴史学、それに医学を修めました。三十歳になった時、スウェーデンのウプサラ大学のアカデミーの会員になりました」

　クライヤーはケンペルの学歴を聞いて、稀に見る逸材であることを認識した。

「それにしても君は若い時から随分各地を転々としたものだ。それは君の才能だけでなく何か他に理由がありそうだが」

「その通りです。私の二人の叔父が魔女裁判の結果、処刑されてしまったのです。そのような野蛮な風習の残る故郷からできるだけ遠く離れたかったのです」

魔女裁判は魔女狩りともいわれ、女だけでなく男も犠牲になることがあった。

「確かに我々の国は長い戦争で荒廃してしまい、いまだに昔の暗黒の世界が残っている。私の生まれたのは一六三四年で、いわゆる三十年戦争の最中だった」

そう言うとクライヤーは、ドイツの歴史の悲惨な戦争について沈痛な面持ちで語り出した。

「そもそもこの戦争は私の生まれるずっと前、一六一八年にボヘミアで始まったのだ。当初はキリスト教新教と旧教の宗教戦争の様相を示していた。しかし一六二五年にデンマーク王、クリスチャン四世が新教側について参戦、それにイングランド、オランダ、スウェーデン、フランスが加わり、神聖ローマ帝国の盟主ハプスブルク家との世界大戦に発展した。

さらに一六三一年、スウェーデンのグスタフ二世がドイツに侵攻する。ドイツは蹂躙され荒廃の色合いを深めた。しかしグスタフ二世は翌年ライプツィッヒの近くで戦死してしまう。戦争の主導権を失ったスウェーデンはフランスを介入させ、私が生まれた頃、一六三五年から一六四八年までは、戦闘は比較的穏やかになったのだがまだ断続的に続いていた。ようやく一六四八年になって人々は宗教を巡る争いの愚かしさを悟り、ヴェストファーレン条約が締結されて長い戦争が終わった」

外ではいつの間にか激しい雨は上がり、また熱帯の刺すような日差しが戻っていた。そこにバタヴィア人の召使が籠に入れた果物と食器を携えて部屋に入ってきた。

「ちょうど良い。少し休憩にしよう」

そう言うとクライヤーは、ケンペルにみずみずしい椰子の実のジュースとパパイヤを勧めた。

二人が熱帯の甘味をゆっくり楽しんだ後で再び長い話が始まった。

「話が逸れてしまった。それで君はウプサラ大学に行ったのだったな」

「そうです。そこで私はドイツ人の法学者で歴史学者ザムエル・フォン・プーフェンドルフ先生と知り合ったのです。彼は当時スウェーデンの宮廷史編纂者で枢密顧問官に任命されており、私を国王カール十一世に引き合わせてくれた恩人でした」

三十年戦争で神聖ローマ帝国との血みどろの戦いを繰り広げたスウェーデンは、もはやヨーロッパ大陸と直接関わることには慎重だった。しかしオランダ、イギリス、フランス、スペイン、ポルトガルは大西洋始めインド洋にも進出していた。無益な長い戦争に夢中になっている間に、すっかり新しい世界の流れから取り残されてしまったことに気がついたのだ。

何とか世界に出て行く方法はないか。そこで国王に進言されたのは、ペルシャと同盟関係を結ぶ戦略だった。ロシアを経て陸路アジアを目指すルートが提案され、ロシア経由でペルシャに派遣する使節団が組織された。

「その一員として私は医師兼秘書として同行することになりました。使節団長はオランダ人のルードヴィッヒ・ファブリツィウス氏でした。ウプサラに来て二年目の一六八三年三月、使節団はスウェーデンのストックホルムを出発しました」

「ほお、外国に行くのに海ではなく陸を辿るというのか。スウェーデンはヴァイキングの末裔で海洋民族かと思っていたが意外だな」

「フィンランドを経て一行はモスクワに到着しました。ロシアは皇帝ミハイロビッチが亡くなった後で、政情が落ち着かない時でした。しかし皇族の中でまだ十歳のピョートルに謁見することができたのです」

　このピョートルこそ後にロシア皇帝に即位してロシアを大国に導いた人物であり、歴史にピョートル大帝として名を残している。彼は成人して政治の実権を握ると、当時のヨーロッパの先進国に使節団を派遣、自らその一員としても同行した。アムステルダムでは東インド会社の造船所で船大工として働いたという逸話も残っている。

「その後、スウェーデン使節団は十一月に陸路カスピ海北岸のアストラハンに到着。カスピ海を船で渡りペルシャ領シルワン（現在のアゼルバイジャン）でひと月の間、石油の調査に当たりました。ここにあるのがその時のスケッチです」

　そう言うとケンペルは鞄から画帳を取り出してクライヤーに見せた。

「なかなか君は絵がうまいな。ここにいては想像できない世界がよくわかる。空気が乾燥して水のない世界のようだ」

「その通りです。バクーの油田についての調査報告は使節団長に提出しました。おそらくヨーロッパにとって初めての情報でしょう」

「そうであろう。是非それを役立ててほしいものだ」

「翌年一月、サファヴィー朝ペルシャ北部、カスピ海南岸のラシュトを経て、最終目的地の首都イスファハンに到達したのは、ストックホルムを出発して一年目の三月でした」

「そうか。目的地に達するまでに丸一年かかったというわけか」

「ところが使節団の目的であるペルシャとの同盟関係樹立は、すでにオランダと交易のあるペルシャ王の関心を引かずうまく進まなかったのです。仕方なく使節団は帰国することになりました。しかし私はそのまま帰る気にはなれなかったのです」

「なるほど。せっかくペルシャまで来たのだからな。その気持ちはよくわかる」

「イスファハンに滞在中、私は南部の港町バンダル・アッバースにオランダの船隊が停泊していることを耳にしたのです。心は激しく揺れ動きました。そうだ。東インド会社の船に乗れば遥かなバタヴィアにも行ける、そう思ったのです。思い悩みましたが、使節団と別れることを決心してファブリツィウス団長に私の意思を伝えました」

「それで彼の答えはどうだった？」

「良かろうと言って快く承知してくれました。恐らく目的を達せず帰国せねばならないことに団長も心残りがあったのでしょう。イスファハンに来たオランダ人のドクター・ヤーヘルを私に紹介してくれたのです」

ケンペルの顔には喜びの色が浮かんでいた。

「私は早速、ドクター・ヘルベルト・ヤーヘルに会いに行きました。彼は東洋学者であり東インド会社の社員でもありました。ありがたいことに彼は親身になって相談に乗ってくれました。しかし彼の一存で決めるわけにはいかなかったのです。アムステルダムの本社の了解をとる必要がありました」

「確かに彼には人事面では権限がなかったであろう。バタヴィアであればアムステルダム本社と同等の決定権はあるのだが」

東インド会社の重役だけあって、クライヤーは事情をよく知っていた。

「待ちに待ったオランダ本社からの便りが届いたのは、一六八四年十二月でした。私は希望通り東インド会社の社員に採用され、港町バンダル・アッバースでの勤務が決まりました。さっそく荷物をまとめてイスファハンから出発しました。その赴任途上の旅もなかなか面白いものでした。ペルセポリスではローマ時代の遺跡を調査して、古代ペルシャの『楔形文字』も研究できました。バンダル・アッバースに到着してから私は仕事に集中しました」

「あそこはインドからの船が立ち寄ることもあり、結構忙しかったであろう」

「ところがそのうち健康を損ねてしまい、休養を勧められ気候の良い北部で静養することになってしまいました。そこで椰子の実を知り、休養しながら『ナツメヤシ』について論文をまとめました」

「転んでもただでは起きぬ、ということだな」

「再びバンダル・アッバースに戻って勤務を続けました。しかし港に来る船を見ていると無性にそれに乗りたくなったのです。バタヴィアへの転勤を上司に申し出るとすんなり受け入れてもらえました。あそこではかねがね人が足りないと聞いていたそうです。東インド会社の帆船『コペッレ』号の船医として乗り込んだのは一六八八年六月でした。ストックホルムを出発して五年余りの歳月が流れていました。七月半ばにはオーマンの首都マスカートに到着。僅か数日の滞在でしたが、たくさんのスケッチと記録を残すことができました」

ケンペルはそこで描いたスケッチをクライヤーに見せた。

「その後、船旅を続け八月にはインドに到着。一か月の滞在後、セイロンに向かい一六八九年の五月までおりました。あの島は熱帯にありながら、高い山があってさまざまな気候帯が存在します。興味深い所でつい長居をしてしまいました。熱帯では病気の種類もまるで違いますね。早速『象皮病』などの熱帯病の研究に取り組みました」

「そうか、それで君はここで開業医になりたいと言っていたそうだが、これでわかった」

「やっと目的地のバタヴィアに到着したのは十月でした」

「ケンペル君、面白い話を聞かせてくれてありがとう。まずはしばらくここで業務に精勤してくれ給え」

クライヤーはそう言うと長い面談を終えることにした。


今日も外では、まるで大きな滝から水が流れ落ちるように雨が降っている。それにしても何という大量の雨を空は降らすことができるものであろう。

総督から事前に通知があったので、クライヤー、ケンペル始め東インド会社社員の主だったメンバーは会議室に集まっていた。

クライヤーは会議を主催する立場にあったので、皆に向かって話し始めた。

「オスマントルコのウィーンの包囲戦の詳しい内容とともに『オスマントルコ危機後の新戦略』という会社の方針が届いた。これについて説明したい。それではこの書類を読んでもらいたい」

そう言ってクライヤーは書記に朗読を命じた。

書記はその書類を読み始めた。それは中世以降のトルコの興隆から始まっていた。

「トルコ帝国は一四五三年に東ローマ帝国の首都コンスタンチノープルを攻め落とし、ロドス島のヨハネ騎士団の砦を攻略、地中海の制海権を手にして益々その版図を拡大していた。一五二九年にはスレイマン一世はとうとうヨーロッパの真珠、ウィーンを包囲するに至った。当時の神聖ローマ帝国皇帝、ハプスブルク家の盟主はカール五世であり、全ヨーロッパに救援を呼びかけた。籠城軍は頑強に抵抗した。そして二か月にわたる攻城戦の末、十月の、冬を告げるには早すぎる雪に見舞われた。トルコ軍はそれに驚き、撤退してウィーンは救われたのだ」

三十年戦争の記憶が残るクライヤーには、ヨーロッパの危機が、宗教の異なる民族の宗教戦争であり、異文明の衝突とも思えた。

書記の朗読は続いた。

「しかし一六八三年七月、トルコ軍はハプスブルク家の心臓部、ウィーンに再び攻めかかった。背景には二十年間のトルコとの平和条約の更新に際して、時の皇帝レオポルド一世がそれを拒んだという経緯があった。トルコ軍はサルタン・メーメド四世の命令を無視した宰相カラ・ムスタファ・パシャが十五万の兵を率いてウィーン市壁を囲んだ。百五十四年前の失敗を挽回すべく捲土重来を期しての遠征であった。

いち早く中央集権国家を築き上げたルイ十四世の統治するフランスは、トルコと背後で手を結んでいた。トルコは三十年戦争の後で体力を衰えさせていたオーストリア、ハプスブルク家の首都を、フランスとの同盟により挟撃しようと計画していた」

クライヤーにはこのフランスの態度が何とも不可解であった。ヨーロッパ世界の危機に際して、トルコに手を貸すなどあってはならない背信行為のように感じられた。しかしフランスの背後にあるスペインがハプスブルク家の一員であることを考えれば、その本拠を衝こうとするトルコに与することは、フランスの生存を図る窮余の策とも思われた。

話はいよいよ包囲戦のクライマックスにさしかかった。

「ウィーン守備軍はヨーロッパ諸国に救援の要請を送った。籠城軍は二か月にわたる苦しい戦いに耐えていた。それに応えたのがカトリック連合軍だった。ローマ法王イノセンス十一世、神聖ローマ帝国皇帝レオポルド一世、大公カール五世、ポーランド王ソビエッキーで構成される救援軍であった。

ウィーンの西、カーレンベルクに到着した連合軍は、トルコ軍と十二時間にわたる激しい戦闘に入った。連合軍の総指揮はポーランド王が執るという合意の下、ソビエツキーの精鋭重騎兵は総攻撃に移った。ウィーンの籠城軍もついに打って出た。背後からの攻撃を受けたトルコ軍は混乱に陥り、包囲陣を解いて潰走した。長く苦しかった戦いはヨーロッパのカトリック連合軍の勝利に終わった。

この時ヨーロッパは、長年のトルコの悪夢から解放された。オーストリアを中心とした神聖ローマ帝国は威信を取り戻して、アルプスの北でも華やかなバロック文化が開花したのである。このような劇的な変化を受けて拡大するヨーロッパ大陸の需要を満たすため、東インド会社はその機能を益々強化、発展せねばならない。その一環として、バタヴィアの統括地域の中では、版図を拡大する清国との貿易の増大を図らねばならない。それと並んで世界の潮流に目を閉ざし、時代遅れの偏狭な平和思想に取り付かれて鎖国を続ける日本との交易拡大の可能性について検討してもらいたい」

ケンペルはその話を聞き終えると、新時代の幕が開いたことを実感したのだった。

その翌日、午後のほぼ決まった時間にまた大雨が降り出した。その雨音は暴力的でただただ耐えるしかない。

クライヤーとケンペルは二人で椰子の実のジュースを飲みながら話をしていた。二人であれば心置きなく自分たちのお国言葉で屈託のない話ができる。クライヤーは話しかけた。

「ところで昨日の話だが。トルコ軍がウィーンから撤退した話はどこで耳にした？」

「ペルシァのイスファハンです。ちょうどロシアの領土を通過中の出来事だったようです。それにしてもヨーロッパはよく踏みとどまったものですね」

「その通りだ。もしウィーンが陥落していたら世界情勢は大きく変わっていたであろう」

「まさに世界史の重大な局面だったということですね」

二人は危機の去ったヨーロッパが力強く歩み出したことを肌で感じていた。

「ところでケンペル君、会社の新戦略にあった日本についてだが」

クライヤーはケンペルに言った。

「私は一六八二年十月から翌年十一月までと、一六八五年十一月から翌年十月までの二回、長崎出島のオランダ商館長だった」

「日本ですか？　日本については大昔、マルコ・ポーロが『黄金の国』として伝えたことは知っています。しかし私には何の知識もありません」

「そうであろう。それでは初めから説明することにしよう。日本には早くからポルトガル人やスペイン人が進出していたが、カトリック教の支配下に置こうとして失敗したのだよ。その後イギリスとオランダが日本との交易を結ぼうと競争して、オランダが勝ち残ったというわけだ。日本は一六三九年以来、諸外国との交易を断絶、今でも鎖国の状態だ。他に出入りが許されているのは支那の清だけだ」

外では相変わらず雨が激しく降っている。こういう時は、長い話を聞くのが何より適しているとケンペルは思った。

クライヤーは長崎出島のオランダ商館の歴史を話し出した。

「オランダの商館が最初に開かれたのは一六〇九年、平戸であった。一六三七年、島原の乱が起こり、江戸幕府はキリスト教の布教の禁止措置を一層強化して鎖国令をもって国を閉じた。将軍家光の命を受けた大目付、井上政重は一六四〇年、平戸のオランダ商館を調査に赴いた。その時、前年に建てられた倉庫の入口の上に、キリスト生誕から数えた西暦の数字が刻まれているのを発見したのだ。

彼は直ちにすべての建物の解体を命じた。西洋では建築された建物に建造年が破風などに示されていることがあるが、オランダ商館の建築担当者が迂闊であったのか、それに気づいた井上政重が一枚上手であったのかそのどちらかであろう」

「日本人というのはなかなか細かなことに気がつく注意深い民族のようですな」

ケンペルは日本人に興味を持ち始めた。

「翌年の一六四一年、当時の商館長、フランソワ・カロンはこの取り壊し命令に従ったが、このまま日本を去るつもりはなかった。一六一三年にはイギリスも平戸に商館を開設していたが、オランダとの競争に敗れ一六二三年に平戸から撤退していた。オランダの独占貿易は何としても保持されねばならない。カロンはポルトガルが拠点を構えていた長崎の出島に目をつけた。

ここは当初、ポルトガル人を管理するために建設された土地だった。江戸幕府の支援と地元長崎の有力者が出資して建設されたが、当時は空き地になっていた。ポルトガル人は年間八十貫の借地料を支払っていた。出島の初代商館長のマキシミリアン・レ・メールはこれに対して五十五貫（現在の金額では約一億円くらいであろうか）で交渉を成立させ、以後二百十五年間、出島はオランダ商館の所在地であり続けるのだ。平戸の商館が閉鎖された時は、正に大きな危機であったに違いない。大きな利権を失いそうな瀬戸際で踏ん張った旧商館長、新天地出島の借地料を値切った新商館長はしたたかであった」

「日本を重要な貿易相手として認識した東インド会社の慧眼には脱帽しますね」

「その通り。私は長崎赴任中に日本の情報を体系的にまとめ、本社に報告するよう心がけておった」

クライヤーは医者で一流の植物学者でもあった。

「日本との貿易は東インド会社にとって利幅の大きな商売だった。そして個人としても出島駐在は財産を築く絶好の機会だったのだ」

クライヤーは遠くを見つめるように、当時を振り返っていた。

「当時の商館長には非合法の私貿易の特権が与えられていたが、私の二回目の赴任の時だった。上陸に際して従来の商館長同様、だぶだぶの支那服のような衣服を着て、その中に私貿易の品物を持てる限り忍ばせたのだよ。私も前例に倣っただけのつもりだったが、少しやり過ぎたのかも知れん」

長崎奉行所の役人がクライヤーのその度を越えたやり方に不審を抱き、密貿易の現場を押さえてしまったのだ。それ以降、『私貿易禁止』の厳しい措置がとられることとなった。そのため彼は以後、長崎に赴任することができなくなってしまった。その影響は彼個人に留まらず、それ以降、商館長が長崎貿易で期待できた大きな役得も失われてしまったのだ。

「そういうしきたりであれば、私も同じことをしたかもしれません」

ケンペルはクライヤーを慰めた。

「私は永遠に好ましくないオランダ人として、日本の記録に残ることになろう。実際はもっと学問上の業績を残したかったのだが」

クライヤーの嘆きは大きかった。

「そこでだ。ケンペル君、君は日本に行く気はないかね？　日本はいまだに閉ざされた未知の国であることに変わりはない。本社の方針を受けて、昨日から私は日本との貿易を何とか打開しようと考えておる。しかし私はもはや日本に入国することはできぬ」

この言葉がケンペルの好奇心に火をつけることとなった。日本に行く計画を持たなかったケンペルが、こうして日本への興味を募らせたのである。人は一般に禁じられたことはやりたがり、見てはいけないと言われれば益々見たいと思うものである。ケンペルの日本に対する興味もそんなものであったかもしれない。しかし彼の決心は日本とヨーロッパにとってきわめて幸運なことであった。

「ドクター・クライヤー、いよいよ私は日本に参ります。そこでひとつ御願いがあります。日本で最も大切なことは何でしょうか？」

いよいよ船出という時、ケンペルはクライヤーに聞いた。

「うむ。そうだな。日本語はどこの国の言葉とも違う。それを習得することは短期間では難しい。したがって日本人の意思を正確に理解するためには優秀な通訳を見つけることだ」

バタヴィアの乾季の空は晴れ上がり、船出には最適な日和であった。

一六九〇年五月七日、ケンペルは帆船「ウェールストローム」号に乗り込み、バタヴィアを後にした。途上、シャム国のアユタヤに三週間滞在して国王を表敬訪問できたことは、彼の好奇心を満足させた。

そしてついに長崎には九月二十四日に到着した。長崎では出島の医師として、一六九二年八月までの約二年間滞在した。その間に日本人のオランダ語通訳の名村権八、楢林鎮山、横山与三右衛門、馬場市郎兵衛らと親交を結び、日本で得た広範な知見を後世への記録に残したのである。しかし特筆せねばならない人物は、世話人の今村源右衛門であった。

ケンペルはこの若い日本人に徹底的にオランダ語を教え込み、自分の優秀な右腕としたのである。かくしてケンペルはクライヤーの助言を見事に生かしたのだった。今日でもロンドンの大英博物館に所蔵されているケンペルの貴重な記録は、今村源右衛門なくしては恐らく存在しなかったであろう。ケンペル自身の残した多くのスケッチから、当時の日本の様子をリアルに知ることができる。

ケンペルは江戸参府では五代将軍綱吉に拝謁している。その旅の記念品は大きなカニで、彼は標本にしてヨーロッパに持ち帰った。この大きなカニは「マクロヘイラ・ケンプフェリ」と彼の名が付けられ、現在でも彼の故郷ドイツのレムゴ市にある「魔女市長博物館」で見ることができる。

ケンペルは二年に及ぶ日本滞在の後、南アフリカを経由して、帆船「パンプス」号で一六九三年十月六日にオランダに帰った。そしてライデン大学で博士号を授与され、一六九四年に故郷のレムゴに戻った。ここで十年にわたる旅の成果資料をまとめようとしたが、医師としての仕事に追われ遅々としてはかどらなかった。さらに三十歳年下の妻を得たこともそれに輪をかけた。

彼は一七一二年になって初めて九百ページの大著『廻国奇観』(Amoenitates Wxoticae)を完成することができた。その大部分はペルシャについて書かれ、日本については僅かに触れているのみである。一七一六年十一月、ケンペルは六十五歳で永眠した。

彼の遺産と膨大な収集品は甥に引き継がれ、イギリスの国王の侍医であり、収集家、ココア飲料のレシピの発明家でもあるハンス・スローン卿がそれを買い上げた。それまで刊行されていなかった日本に関する資料は、若いスイス人医師、ヨハン・カスパー・ショイヒツァーによって英訳され、一七二七年、『日本誌』（History of Japan）の書名で出版された。一七二九年にはフランス語とオランダ語にも翻訳された。これが後の日本を訪れるトゥーンベリーのガイドブックとなったわけである。

二〇一二年、在位六十年を迎えられた英国のエリザベス女王は、一九七五年に初めて日本を訪問された。この時、女王は皇居での晩餐会のスピーチで、この『日本誌』の序文に書かれている言葉を引用されたのであった。彼女のスピーチは以下の言葉で始まっている。

天皇陛下、陛下の温かい歓迎と我が国に関する寛容な言葉に心から感謝いたします。エジンバラ公と私は日本に滞在していることを大変嬉しく思います。陛下と皇后が一九七一年にロンドンを訪問されたことを喜ばしく記憶しており、私たちの訪問は両国の協力関係を長く継続させる象徴となるでありましょう。

女王エリザベス一世の時代に日本に来た英国の船乗りと貿易商人たちは、日本の文明を驚きを持って発見しました。後に一七二七年に出版された『日本誌』の英訳者はその序文で、「この本はひとつの勇敢な国家のことを記しており……礼儀正しく、勤勉で、高潔で、相互の商業により豊かに富み、自然がその価値ある宝を惜しみなく与える国」と書いています。

ケンペルの死後出版された『日本誌』の序文が、エリザベス女王の皇居でのスピーチに引用されたのだった。ケンペルが日本を去って二百八十三年後の出来事であった。

エリザベス一世の在位は一五五八年から一六〇三年であった。この時代にオランダ船、「リーフデ」号で英国人ウィリアム・アダムスとオランダ人が大分県に漂着したのは一六〇〇年四月のことであった。

ウィリアム・アダムスは後に三浦按針と日本名を名乗り、武士として徳川家康に仕え、日本でその一生を終えた。

四　アフリカ

トゥーンベリーはその年のクリスマスをブュルマン家の人々と一緒に過ごした。そして明日はいよいよ出発という日、ブュルマン教授はトゥーンベリーを書斎に呼び、彼に蠟で封印した書類を手渡した。

「トゥーンベリー君、ひとつ頼みがある。これには大事なことが記されている。しかしこれは君が日本に無事に着いて初めて意味があるものなのだ。今その理由を明かすわけにはいかぬが、日本で読んでもらいたいのじゃ」

「わかりました。日本に無事に着いた時にこれを開封しましょう」

今の彼にとって、日本は遥かに遠い目的地だった。今は第一難関のアフリカのことで頭の中がいっぱいのトゥーンベリーは、不思議に思いながらも、黙ってそれを受け取った。

翌日、ブュルマン家の人々に見送られながらトゥーンベリーは長い旅路に就いた。彼を乗せた帆船「スクーンフィヒテ」号は一七七一年十二月三十日にテセル島の港から出発した。小雨模様の典型的な冬の陰鬱な日であった。オランダ東インド会社のこの船の船長はスウェーデン人のファン・ロンデクランツであった。船団は多くの船から編成されており、約百人の船乗りとアフリカ喜望峰のケープ総督府に向かう駐留軍の三百人近い兵士が乗り込んでいた。

かつて彼がフランスに向かった時と同じ航路を辿り、ドーバー海峡を抜けたのは年が明けた頃であった。船上では新年のための祝杯が挙げられた。やがて左手にル・アーブルの港が霞んで見えてきた。今頃、フランスの友人たちは新年を家族や友人たちと祝っていることだろう。ここから先の海はトゥーンベリーには未知の世界だった。

ポルトガル人のヴァスコ・ダ・ガマが一四九七年に初めてインドへの航海に旅立ってからすでに二百七十五年の歳月が経っていた。航海術と船の建造技術は格段に進歩していたとはいえ、その危険性は昔とほとんど変わりはなかった。人々は大西洋の荒れ狂う海に不安に満ちた日々を送らねばならなかった。

船団はブルターニュ半島を過ぎ、スペインのビスカヤ湾に入った。一月四日の夜だった。トゥーンベリーの乗った船の食卓にはクレープの料理が出された。この料理は小麦粉を薄く煎餅のような形にして、それに肉や野菜を巻いてオーブンで焼いたものである。トゥーンベリーも含めて士官と主だった乗組員は一緒の食卓に着いた。彼はクレープの味が少し変だとは思いながらもそのまま食事を終えた。ところが翌朝からこの食事を口にした全員が激しい腹痛と下痢に見舞われたのだ。

大きな志を抱いて大海に乗り出したトゥーンベリーにとって最初の大きな試練であった。こみ上げる吐き気と下痢に苦しみ、高熱にうなされ、彼は不吉な夢に苛まれた。大きな鎌をもった死神が片手に砂時計を持ち、トゥーンベリーを冥界に誘う。砂時計の砂は静かに流れ落ち、命の灯火はまさに消えようとしている。

突然彼は大きな波にさらわれ、大嵐の大洋のうねりの中で弄ばれている。波の中から彼はかろうじて頭を出して大きく呼吸する。波の上にはまたしても黒いマントを翻した死神の姿が現れ、彼に手招きする。空は黒雲に覆われ、その割れ目から不気味な光が漏れている。やがて自分が故郷の静かな湖や森の周りを歩いている光景が浮かぶ。そして今は亡き父が彼に話しかける声が聞こえる。そして母も大きな声で彼を呼んでいる。それがウプサラ大学のリンネ教授の声に変わる。するとアムステルダムのブュルマン教授の姿が忽然と立ち現れる。教授はトゥーンベリーに向かって大声で叫ぶ。息子のニコラスがそばで手を差し伸べ絶叫する。

「カール、ここで倒れてはならぬ。死んではならぬ。力を奮い起こせ！」

そんな夢をトゥーンベリーは何度見たであろうか。

カールという呼び声はビルギッタの声に変わる。

「死んではいけないわ、カール。私はあなたを信じて待っているわ。だからお願い、生きて！　私を悲しませないで」

トゥーンベリーはビルギッタに手を差し伸べる。彼女も手を差し出す。大嵐が彼女の髪を激しく弄ぶ。やがて彼女の温もりが彼の手に感じられる……。

激しい頭痛と、意識が朦朧とする状態が峠を越えると、彼は自分の症状を克明に記録した。

その間に船の中では原因究明が行われ、悪性の食中毒と結論づけられた。やがてその事件の経緯が明らかになった。

問題の夜、船の厨房では料理人が小麦粉をボールに入れた。ところがその量が足りず、彼は見習いに船倉から小麦粉を持ってくるように言いつけた。その見習いはすぐさま船倉に行き、ボールに粉を入れて戻ってきた。コックはそれを調理中のボールの小麦粉と一緒にかき混ぜ、クレープに焼いた。それだけのことであった。それでは助手の持ってきたものは何だったのか。

鉛白だった。これは絵描きが白い色を出す時に使う絵の具の材料である。しかし船に絵描きが乗っていたとしても、助手が船倉から画材を持ってきたとは考えにくい。鉛白は加熱すると赤色に変わり鉛丹となる。これは船舶の船底の腐食防止に使用された材料である。それを助手が小麦粉とまちがえたのだと結論付けられた。些細なことが原因の大きな災難だった。幸い二か月後には鉛中毒の症状も治まり、トゥーンベリーは健康を回復した。彼の頑強な生命力が困難を乗り越えたのだ。しかし完全に健康を取り戻したわけではなく、以後彼は長い間、後遺症に悩まされることになる。

船は航海を続けた。赤道に近づくと気温は急激に上がり、トゥーンベリーが今まで体験したことのない暑さが襲ってきた。炎熱の日差しは情け容赦なく甲板に降り注いだ。赤道を通過する際には、船乗りたちはにぎやかにそれを祝った。

やがてその暑さも徐々に収まると、気候は過ごしやすくなってきた。空は故郷の秋のように穏やかに晴れ上がり、波は静かになった。そして行く手に平たい山が見えてきた。

「あれが喜望峰のテーブル山だ」

船長の指さす彼方に、台形の独特の稜線を持つ山が見えた。その山の上には重畳と雲がかかっている。

「とうとう着いたのですね」

トゥーンベリーは感動しながらその山を見つめて言った。一七七二年四月十六日だった。

彼を乗せた帆船が四か月半に及ぶ航海を終えてケープ総督府に到達した時、乗組員と乗客の半分は病気に罹っており、しかも船団全体で百十名もの死者を数えるほどであった。医師としての実務を初めて経験したトゥーンベリーにとっても、その仕事は楽なものではなかった。

船はやがて大きな湾に滑り込んでいった。波止場には東インド会社の関係者と現地人が大勢詰めかけていた。帆船の帆が下ろされ、トゥーンベリーは自分の荷物を船から下ろした。下船した船長がにこやかに握手をしたのは臨時代理総督のヨアキム・ファン・プラッテンブルフだった。船長はトゥーンベリーを紹介した。臨時代理総督はトゥーンベリーの手を固く握って言った。

「ようこそ、ケープ総督府に。君が来ることは前任のツルバーフ総督から聞いている。しかし残念なことに、彼は数か月前に亡くなられた。それで私が急遽、彼の代理を務めることになったのだ」

その言葉に、トゥーンベリーは到着早々大きな衝撃を受けたのだった。彼はリンネ教授から総督に宛てた推薦状を携えてきたのだ。ツルバーフ総督はケープ総督府の奥地への探検を積極的に支援してくれるはずの人物だった。総督自らリンネ教授にアフリカの珍しい植物を送るほど植物学に興味を持ち、また造詣も深かった。その大きな後ろ盾となる人物がもはや亡くなっていたとは……。そもそもツルバーフ総督のような人物は例外で、東インド会社の社員は利益を上げることが主目的で、学術的なことにあまり興味を示さないことが普通であった。

未知の土地に来て、当てにしていた人に会えないことほど心細いものはない。

「今晩は皆さんの到着を祝って総督府で歓迎会を予定しています。宿舎に案内させるのでまずは長旅の疲れを癒してください」

そう言うと、ファン・プラッテンブルクは側にいた若い社員に指示を与えた。

海に向かって建てられた総督府の建物の左右には、まさしくオランダ風の家々が並んでいた。その後ろには農地が広がっている。トゥーンベリーにはまるでオランダのどこかの村に来たような感じがした。農地に隣接して角の長い牛が多く飼われている牧場が見えた。その一軒の農家風の建物が、トゥーンベリーの宿舎として用意されていた。その隣は診療室と病室のある病院棟だった。

その夜の歓迎会は盛会であった。新しく本国から赴任してきた若い医者に対して、人々は親切であった。臨時代理総督は来航した者に歓迎の挨拶をした。

「ケープ総督府へ来られた皆さん、心から歓迎いたします。ここに至るまでの航海はさぞ苦難に満ちたものだったでしょう。命を落とされた人々には心から哀悼の意を捧げます」

その言葉を聞くと、全員が起立して死者に黙禱した。ここでの歓迎会は、来航者が生きている喜びを確認すると同時に、亡くなった人たちへの哀悼の儀式でもあった。

全員が着席したのを見届けると、彼は話を続けた。

「それではここの歴史を簡単に説明しましょう。東インド会社の創立は一六〇二年でした。それから六十年後の一六六二年、ここに総督府が開設されました。今からちょうど百十年前でした。初代の総督はヤン・ファン・リーベックで、十年間その職にありました。この間に会社は大きな業績を残して莫大な利益を上げ発展を続けました。その主たる貿易品目は、ジャワからもたらされる香料であったことに説明の必要はないでしょう。会社はケープ総督府の設立に先立って、ジャワのバタヴィアに一六一九年に本拠を構えましたが、それよりさらに十年前、日本の平戸にも商館を開設したのであります」

この話を聞いていたトゥーンベリーには、バタヴィアや日本の拠点開設がケープ総督府のずっと前であったことが不思議に思えた。ケープ総督府は東インド貿易の発展を円滑にするため、後から設けられたことになる。

プラッテンブルクの話は続いた。

「今日に至る会社の歴史のなかで、このケープ総督府の役割は極めて重要なものでありました。本国からバタヴィアに至るそのちょうど中間点に位置しており、戦略上不可欠の補給基地なのであります。インド洋では冬の四月から九月まで強い南西からの季節風が吹き、それが追い風となって船をバタヴィアに運びます。逆に十一月から三月の夏には北東の季節風が強く、バタヴィアやインドからの商品を満載した船がこのケープ総督府に寄港するのであります」

彼の話は長かったが、トゥーンベリーはケープ総督府の存在をよく理解することができた。臨時代理総督の話は、周辺に居住する原住民にも及んだ。

「ここに住んでいたのはコイコイ人と呼ばれ、主として牧畜を生業にしておりました。当初我々は、彼らとの間で水と食料を物々交換しておりましたが、往来する船舶の数が多くなり、それでは十分ではなくなりました。したがって自ら農地を拓き、牧畜を組織的、効率的に行う必要が出てきたのであります。インドに向かう船に水、野菜、ワインを供給することがいかに重要であるかは論を俟ちません。今日では当地で大量の収穫を得るまでになりました」

その夜、歓迎の宴席に出されたのはこの土地で収穫されたワイン、新鮮な牛肉と野菜、果物など、本国の料理を凌ぐほどの豪華な品揃えであった。

それから数日後、スウェーデンの東インド会社の船団が入港した。その船には何とトゥーンベリーの学友が乗っていたのだった。ウプサラ大学で学んだアンダース・スパルマンと予期せず再会したのだった。

「君がここに来ることは全然知らなかった。お互い無事に航海を乗り切れて本当に良かった」

トゥーンベリーは喜びを満面に湛えて友と抱き合った。

「君がパリにいる頃だろうか、急に僕にもアフリカに行く話が浮上してきたのだ。運良く僕が指名されて派遣されたというわけだ」

スパルマンはこれまでの経緯を語った。

二人の再会の喜びは筆舌に尽くし難かったであろう。しかしこの再会の感激も長くは続かなかった。二人はやがてライバルとして、競争意識の火花を散らすことになる。

スパルマンが別のルートでケープ総督府に来たのには、明確な理由があった。スウェーデンの矜持ともいうべき、イギリスやオランダとの競争心であった。それはウプサラ大学内部での競争にも反映していたのだ。それと同時に、オランダといえども大きなリスクにさらされていることには変わりなく、リスクをカバーする意味では合理的な考えではあった。

スウェーデン東インド会社は、オランダに百二十九年遅れること一七三一年にスウェーデンの西海岸ヨーテボリに設立され、当時としては十八世紀のスウェーデンの最大規模の会社であった。当初は十五年の期限付きで運営され、その後、定款は一七四六、一七六六、一七八六年に改定され、一八一三年にその歴史の幕を閉じることになる。後発のこの会社はすでに長い歴史をもつオランダやイギリス商館と協定を結び、その基地を使用することが許されていたのだ。

トゥーンベリーが到着した四月は冬であり、その間に春に出発する探検の目的地をどこにすべきか、助手には誰をつけるかなど思案を重ねた。そうした日々のなかで、トゥーンベリーは協力者としては打ってつけの、東インド会社に勤務する庭師のヨハン・アンドレアス・アウゲを見出した。彼は名前から推定するとドイツ人であったろう。ある日、トゥーンベリーは彼に話を切り出した。

「アウゲさん、私が当地に来たのは、主としてアフリカの植物の調査です。あなたは現地事情に詳しいと聞いております。私の調査に同行していただけませんか?」

「私はすでに奥地に分け入った経験があります。私自身も調査を続けることに興味がありますので、喜んで御伴しましょう」

「それはありがたい。是非お願いします。それでは春の探検の目的地をどこにしたら良いのでしょうか?」

アウゲはまず現況を詳しく説明してくれた。

「ケープ総督府近辺は安全で何ら問題はないといってよいでしょう。しかし一歩奥地に踏み入れれば、危険と隣り合わせと言っても過言ではありません。オランダの目的は、原住民との交易を通じて平和的にインド航路の中継基地を建設することでした。ところがその目的の実現は容易ではなかったのです。原住民はオランダ人の必要とする食料品を供給することに熱心でなかったのです」

トゥーンベリーはアウゲの説明に納得した。人間誰しも平和で満足できる生活をしていれば、新たな変化は望まないものである。そうなればオランダ人の次の手は明白である。

「そこでオランダ人は原住民を追い払い、居住地を農地に変えたのです。遊牧を営むコイコイ人は、内陸の山岳や半砂漠地域で狩猟採集生活を送るサン人と手を握り抵抗しました。オランダ人はこれに対抗せざるを得なかったのです。さらにヨーロッパから多くの移民が入ってきました。例えばフランスからは、宗教改革で国を追われたプロテスタントのユグノーと呼ばれる人々が多く入植してきました。これらのヨーロッパ人がアフリカの奥地に向かって自らの農地と牧畜地を拡大して、先住民との抗争が繰り返されているのです」

「なるほど。それでは最初の探検旅行は、あまり危険でない地域で、かつヨーロッパ人には未知の土地ということにしましょう」

数日後、アウゲは彼の計画を地図に落とし込んでトゥーンベリーに説明した。

「ケープからまず北西一〇〇キロのサルダニャに至り、そこから方向を転じて南東方向約二四〇キロのスウェレンダムに向かいます。そこから東に進み、四〇〇キロ離れたオランダ領の国境線をなす、インド洋に注ぐハムトース川に至るまでとしましょう。総延長一三三〇キロの道程ですが、比較的現住民との抗争の少ない安全な地域です」

探検の出発は、一七七二年九月七日と決まった。トゥーンベリーはそれまでに十分な準備を整えるつもりだった。それと同時に、最終目的地が日本であることは十分自覚していた。ヨーロッパではオランダ以外と国交のない日本では、来航するヨーロッパ人は全てオランダ人であり、オランダ語の通訳を通じて意思の疎通を図る以外に方法はなかった。したがってトゥーンベリーはケープ総督府滞在中にオランダ語をマスターすることにした。

第一回目の探検では、トゥーンベリーとアウゲは馬に乗り、荷物を運ぶ車は牛に引かせた。南半球の当地は春、植物の生育に適した季節であり、トゥーンベリーは水を得た魚のように、初めて見る植物界の大海に踏み入っていった。探検の成果は十分であった。そして予定通り、翌年の一月二日、無事ケープ総督府に帰還した。思えばちょうど一年前にテセル港を出航した頃だった。早速これらの収集した資料をまとめ、報告書を書く作業に追われる日々を過ごした。その時、彼の故郷からうれしい便りが届いた。なつかしいリンネ教授からの手紙だった。

「ドクター・トゥーンベリー、おめでとう。ウプサラ大学は一七七二年六月、君に医学博士号を授与することに決定した。

私もこの手紙を大きな喜びとともにしたためている。ケープ総督府に至る船旅では大きな災難に遭ったそうだが、健康を取り戻したそうで何よりだ。この手紙が君の手元に届く頃には、最初のアフリカ探検の成果が得られたものと確信している。私の夢を実現してくれる君をウプサラから応援している。これからも健康に留意して益々良い仕事を成し遂げるよう期待している」

この手紙を読んでトゥーンベリーは思わず感激の涙を流した。

第一回目の探検の報告書がまとまると、休む間もなくトゥーンベリーは第二回目の探検の準備にかかった。今度はアウゲが帰国するため同行はできなかった。幸いイギリス人のフランシス・マソンが名乗りを挙げてくれた。

「ドクター・トゥーンベリー、私の専門は植物学で同時に庭師でもあります。私がケープ総督府に来たのは、ロンドンのキュー植物園から委託された仕事で、大西洋のポルトガル領マデイラ島とアフリカの植物を採集するためです。そのうえ私はリンネ教授をよく存じています。教授とは時々手紙を交換しております」

彼もまたすでに大探検旅行の経験者であり、トゥーンベリーとはうまが合った。しかし彼は現地の事情には明るくなかった。

「マソンさん、あなたのような経験豊富な方が探検に同行してくれることは本当に心強い限りです。昨年の探検でやり残したことがたくさんあります。昨年のルートを大きく変更する必要はありませんが、部分的に多少違った道筋を組み入れてみたいと思います」

「それで結構です。まずはあなたの提案を伺いましょう」

「昨年同様、まずケープ総督府から北西のサルダニャに至り、そこから北東に向かいシトルスダールを経由して、昨年も通ったスウェレンダムを目指します。そこから東に転じて昨年引き返したハムトース川を越えて、さらにポート・エリザベスまで足を伸ばしたいと思います。往復で総延長距離一六〇〇キロにも及ぶ大探検旅行になります」

「そのルートで私に依存はありません」

「途中、標高二〇〇〇メートルものヴィンテールヘック山の頂上を極めようとも考えています。どう思いますか？」

「まさに命がけの冒険になりそうですな。やってみましょう」

二人は準備を整えると、前年と同じ時期、九月十一日に出発した。今回の旅程で彼らはケープ植民地の国境を越えてポート・エリザベスに至り、そこから北のゾンターグ川まで到達した。しかし乗っていた馬と車を引く牛が弱り、それ以上探検を続けることは無理であった。彼らがケープに戻ったのは一七七四年一月二十九日であった。


トゥーンベリーは第三回目の探検をマソンと二人で計画した。

「ドクター・トゥーンベリー、今回は思い切ってケープの北を重点的に調査してみてはいかがですか？」

「確かにそれは面白そうだ。まさに我々にとっては未知の世界だ」

その提案に賛成したトゥーンベリーは、翌日にはさっそく具体的な計画を練り上げた。

「まずケープから約三百キロ北上するとハンタム山地に至る。そこから南東方向に向かいロッゲフェルトを経由してケープ総督府に戻る比較的短距離、それでも七百キロの三か月間の調査探検旅行になるがどうだろう?」

「私には異議はありません、ドクター・トゥーンベリー」

出発は一七七四年九月二十九日、帰還したのは十二月二十九日であった。

このような未知の世界への冒険が、何の苦労もなく実現できたわけではない。トゥーンベリーの経済的基盤は危ういものであり、時には「金欠病」に悩まされていた。

「尊敬するブュルマン教授殿、ケープでの二回に及ぶ探検旅行で収集した貴重な標本は、次の船でアムステルダムにお送りします。幸い有能で親切なパートナーに恵まれ、幾多の危険を乗り越えて大きな成果を手にすることができました。しかしウプサラ大学の奨学金は底を尽き、アムステルダムで有志の皆様から頂いた資金も使い果たしました。会社から非常勤外科医の給与を前借りしている状態では、次の探検のめども立ちません。なにとぞもう少しの資金援助を頂きたくお願いする次第であります」

この手紙を受け取ったブュルマン父子は、驚いてリンネ教授にトゥーンベリーの経済的窮状を伝えた。その甲斐あってか、トゥーンベリーはウプサラ大学から更なる奨学金を受け取ることができたのだった。ブュルマン教授の息子のニコラスは、父のトゥーンベリーの探検は頓挫するだろうという父の悲観論に対して、終始トゥーンベリーを信じて励ましの手紙を送っていた。この温かい支えがどれだけトゥーンベリーの励みとなったかは想像に難くない。こうしてトゥーンベリーが著した南アフリカの「自然誌」はその価値をいまだに保ち続けている。

三年にわたるケープ総督府での滞在中の三回の冒険旅行を終えて、トゥーンベリーは次の目的地、バタヴィアを目指すことを決心した。一七七四年三月二日、南東の季節風に乗ってトゥーンベリーは、東インド会社の帆船「ルー」号でまたしても「非常勤外科医」の身分で一路バタヴィアに向かった。インド洋が平穏だったのは彼にとって幸いであった。かつての大西洋の船旅のように、命を危険にさらすことはなかった。僅か一か月の航海で東インド会社のジャワ島の拠点、バタヴィアに到着した。

五　日本

トゥーンベリーを乗せた帆船が港に近づくと、バタヴィアの町がその全貌を表した。オランダの城を思わせる尖塔がそびえたち、その頂部にオランダ国旗が翻っていた。町は南北千四百メートル、東西千メートルの大きさで、城壁には唯一の門があった。総督府の建物に案内されたトゥーンベリーは総督のファン・デル・パラの歓迎を受けた。ここでも総督に宛てたブュルマン教授の紹介状が大いに役に立った。

「ドクター・トゥーンベリー、船旅はいかがでしたか?」

総督は尋ねた。

「インド洋の広大な、果てしない大海原は時間も感じさせず、ただ宇宙の無限の中に置かれているようでした」

トゥーンベリーは船旅の印象を率直に答えた。

「その通りです。我が東インド会社の船はその大海原をすでに百七十年にもわたって航海し続けているのです」

総督の言葉に、トゥーンベリーは先人の苦労を垣間見る思いがした。総督はバタヴィアの歴史について、詳しく彼に説明してくれた。

「オランダ東インド会社はこの海域の覇権を手にすると、バタヴィアを拠点にして東アジア貿易を効率的に組織することにしたのです。つまりバタヴィアに本社的な機能を持たせたのです。支那からもたらされる陶磁器も、ジャワ島の北東にあるモルッカ諸島で産する香料も、すべてここで決済されました。つまり会社の貿易構造はアジアで取引が完結して、オランダ本国の経済に与える直接のインパクトが少なかったのです。一六六五年以降は、セイロンもまた東インド会社の拠点になりました。それに対してイギリスの東インド会社は、ロンドンの本社から直接運営されているのが両社の大きな相違点なのです」

これは今日の状況でいえば、現地企業に決済機能を与えて決定の迅速化を図る現地法人としたのがオランダであり、あくまで本社の権限を本国に留め現地企業を支店としたのがイギリスであった、とも考えられるであろう。

総督の説明はトゥーンベリーにもわかりやすかった。総督は続けた。

「東インド会社がヨーロッパに運んだ香料や綿花は、莫大な利益を生み出しました。反面、インドやアジアの人々は、ヨーロッパの産物に余り興味を示さなかったことがそもそも問題でした。インド及びアジアの諸国は主として金、銀、銅などの貴金属を自国の産物と引き換えに要求したのです。

したがって時の経過と共にヨーロッパ本国の貴金属は国外に流失して、経済的には深刻な事態を引き起こすこととなったのです。その意味で当初、日本がオランダのもたらす海外の産物と引きかえに銀や銅を提供したことは、オランダ東インド会社にとって好都合でした。現在でも日本からは純度の高い銅棒が輸出されています」

トゥーンベリーはかつてブュルマン教授から聞いた話を思い出した。

「しかし日本でも貴金属の流出を防止するため、年間の貿易量が制限されているのですね？」

「その通りです。よくご存じですね。あなたは日本に行かれるのですね。今年の秋には長崎ではカピタンと呼ばれる商館長が交代で赴任します。ここにはあなたと同行するフェイト氏もおります。紹介しましょう」

提督はそう言うと、召使にフェイト氏を呼ぶよう命じた。やがて新商館長が現れ、トゥーンベリーと対面した。

「初めまして、ドクター・トゥーンベリー。一緒に日本に行くことになりますが、よろしく。私はすでに二年前にも商館長を務めました。今回で三度目になります」

長身で金髪の典型的なオランダ紳士というのが、このカピタンがトゥーンベリーに与えた第一印象であった。彼が微笑むとどんな異邦人をも安心させるような親しみが感じられた。仲間から尊敬され、外国人にも親近感をもたれるのがカピタンの第一条件であったろう。

「そうですか。いわば日本に関してのエキスパートですね。これから一年間、日本で一緒に過ごすことになるのですね。こちらこそよろしく」

二人はお互いの手を固く握り締めた。

トゥーンベリーは尋ねた。

「あなたはなぜ何度も同じ長崎に赴任するのでしょうか？　航海という危険を冒して日本まで出かけるのは相当の勇気がいるような気がしますが」

フェイトは答えた。

「昔の日本との貿易は大変な利益を生み出したものです。しかしその後、日本の政府、つまり江戸幕府の貿易規制が厳しくなり、しかも商館長は毎年交代するようになりました。日本という国は全く特殊な国で、出島という小さな島からしか自由に出入りできません。一年に一度だけ江戸という首都にいる将軍に拝謁するため、長い旅をしなければならないのです。

船で直接江戸に行くことはできず、馬を使うことも許されない。行列を成して徒歩で行くのです。そんな不自由な国ですが、せっかく知り合えた日本人との人脈を継続するためには隔年で日本に赴任するしかないのです。しかしそればかりではありません。なぜか私は日本と日本人が好きなのです。日本には機知に富み、進取の精神に富んだ友人がいるからです」

それを聞いたトゥーンベリーは、ケンペルの書物に記された内容が八十五年後も基本的に変わっていないことを再確認したのだった。しかしなぜフェイト商館長が親日家であるのか、その理由はわからなかった。

ファン・デル・パラ総督は、二人がうまくやっていけそうだと感じてひと安心した。そして尋ねた。

「ところでドクター・トゥーンベリー、日本に出発するまで多少時間がありますが、どう過ごされますか?」

「日本に向けて出発する準備もありますが、少しジャワ周辺も見てみたいと思います」

そう答えたものの、トゥーンベリーはこの熱帯の気候になかなか順応できなかった。ケープ総督府でのトゥーンベリーは時間を有効に使い、できるだけ多くの報告書を作成するといった積極的で勤勉な生活を送ったが、ここでは違った。総督府に駐在するオランダ人のほとんどはいわば無為で怠惰な生活を送っていた。彼もなぜか元気が出なかった。それもヨーロッパ人にとって余りにも過酷な気候が原因であった。

バタヴィア総督府の住民は、一握りのヨーロッパ人、その次は現地人、圧倒的に多いのは支那人であった。トゥーンベリーにはバタヴィアがどこか支那の町であるような感じさえした。オランダの求める貿易商品の取引に関係するのが支那人であればそれも理解できることであった。

バタヴィアに来たトゥーンベリーは、南アフリカでの窮乏生活を日本では繰り返すまいと決心していた。それまで日本に赴任したオランダ商館員は、何らかの形で私貿易を行い、それ相応の個人的利益を得ていたことを知った。

彼もそのあたりの事情を調べてみることにした。やがて総督府に出入りする支那人の商人から、「日本に行けば大儲けができる」商品を買わないかともちかけられたのだ。それは一角獣の牙という代物であった。トゥーンベリーはヨーロッパの伝説にもこの動物のことを聞いたことはあったが、実際それまで見たことはなかった。

しかしアジアのこの動物は、北極海に棲息する歯の変形した一本の牙を持つ「イッカク」という珍獣で、その牙は日本では漢方の精力剤として珍重され高額で売れるという。商人の言う法外な金額を聞いてまるで話にならないと断わったものの、熱心に言い値を下げて食い下がる支那人の言葉に、ついにトゥーンベリーは折れた。太古の昔から、支那人には商魂の遺伝子が組み込まれているのではないかと彼は思った。最初の価格が半分になったので彼の性格には似合わず、借金をして「イッカク」の牙を手に入れたのだ。

日本に向けた船の出港は六月二十日と決められた。出発までの約二か月では大規模な調査は不可能であった。トゥーンベリーはバタヴィアの南六十キロのボゴールへの短い探検を試みた。アフリカでの経験から距離的には問題ではなかったが、やはり熱帯の気候がそれを困難なものにした。さらに船で東四百キロのスマランにも行ってみた。本来であればその昔、東インド会社の利益の大部分を稼ぎ出した、バタヴィアから北東に二千五百キロ離れた香料の産地であるモルッカ諸島にも行ってみたかったが、それは無理であった。

バタヴィアから長崎に向けて予定通り帆船「スタフェニッセ」号にトゥーンベリーは乗船した。航海中のトゥーンベリーは上級外科医としての身分であった。やや小型の速度の遅い「ブレイエンブルフ」号が同行した。支那大陸が見えてきた頃、暴風雨に見舞われ、この随行船はマストが次ぎ次ぎに折れて航行不能に陥った。

仕方なくこの船はマカオ港に救助を求め、広東の港で修理しなければならなかった。そのため日本への航海は中止され、積荷の砂糖は全部だめになってしまった。日本との貿易で砂糖は高値で取引のできる貴重な商品であり、この船の難破で被った東インド会社の損害は莫大な金額に上った。

この東支那海の航海は、かつての大西洋での悪夢をトゥーンベリーに思い出させた。日本への航海は東インド会社の歴史でも最も困難なものとして記録されている。しかし彼は、海の大嵐はすでに大西洋をアフリカに向かう時に経験済みであった。しかもあの時は鉛中毒で生死の境を彷徨っていた。それに比べれば、今回の嵐は健康な身である限り乗り越えられるとなぜか確信があった。

その後、何度も嵐に見舞われたが、「スタフェニッセ」号は台湾を過ぎ、彼の予想通り無事に長崎港に辿りつくことができた。すでに故郷を旅立って五年の歳月が過ぎ去っていた。日本にとうとうやってきたというトゥーンベリーの感動はいかばかりのものであったろうか。トゥーンベリーは西の空に向かって、恩師リンネ教授とブュルマン教授父子に語りかけた。

「ついに日本に到着しました。長い旅でした。お二人のご加護の賜物です。ここで皆さんの期待に応えられるよう精一杯やってみます」

八月十三日早朝、長崎港に投錨すると、付近の山々からオランダ船の到着を知らせる狼煙が立ち昇った。長崎奉行所の置いた見張りの「遠見番」だった。やがて小船が近寄ってきて長崎奉行所の役人がオランダ船に乗り移った。

フェイト商館長がトゥーンベリーに言った。

「これから気の遠くなるような長い積荷の検査が始まります。その厳しい検査の後ですべての積荷が小船で陸に運ばれるのです」

オランダ商館が日本に輸入した品物は、砂糖、象牙、錫、鉛、更紗、オランダ布地などであった。これらの輸入品は出島で開かれる市で競売にかけられた。その対価は現金で支払われたわけではない。一種の手形が振り出されたのである。

商館長はすでにその手続きと作業をよく知っているので、悠然として言った。

「船の積荷が降ろされると、今度は日本の輸出品が積み込まれます」

品質の優れていた銅、樟脳、着物、陶磁器、醤油、酒などであった。銅はインドにもたらされてそこで非常に良い値段で取引されたのだった。

到着から二か月後の十月十四日、バタヴィアに戻る「スタフェニッセ」号は長崎港の入り口にある高鉾島に曳航された。そこで再び錨を下ろした。

フェイト商館長は欲求不満を募らせるトゥーンベリーに同情して言った。

「次に出島に駐留したオランダ人の交代が行われます」

この時のトゥーンベリーは、動かない船の上の囚人であるように感じた。自由が奪われ、息詰まるような閉塞感に捉われた。最終目的地の日本に対する大きな期待の反動だった。本来の彼は野山を駆け回るように生まれついていた。この時の悶々とした心情を、彼はアムステルダムのニコラス・ブュルマンに率直に書き送っている。

「一七七五年　十月一日　長崎
親愛なるニコラス、とうとう最終目的地の日本に到着しました。これまでの長い道のりを考えると、この小さな島国によく辿り着いたと思います。今までの苦労は、この国に来るための準備に過ぎませんでした。しかしここに来て感じたことは、閉塞感と暗澹たる将来への不安です……」

しかしトゥーンベリーはいつまでも塞ぎ込んでいる人物ではなかった。帆船は常に監視下にはあったが、小船で周辺の小島に出かけて息抜きをすることはできそうだった。トゥーンベリーはこの機会を無為に過ごしてなるものかと思案し策をめぐらせた。長崎奉行所の派遣した通訳とすぐに懇意になって、早速植物の採集を持ちかけたのだ。僅かな期間であったものの、彼は高鉾島に上陸して珍しい植物を発見することができたのだ。彼はこの小さな成功に大きな自信を得たのだった。

高鉾島の島陰で錨を下ろして数週間後、十一月初旬に商館員の交代が行われた。ニコラス・ブュルマン宛ての手紙を乗せた「スタフェニッセ」号はこうしてバタヴィアに向けて帰っていった。新任のヨーロッパ人十四名は出島の狭い土地に残されたのだった。

出島のオランダ人はヨーロッパのさまざまな国の出身者で構成されていた。しかしオランダ語を共通語として日本人通訳と接している限り、その人物の国籍は何であれ日本側ではすべてオランダ人と理解していた。ケンペルはドイツ人、トゥーンベリーはスウェーデン人、後に長崎に来たシーボルトもドイツ人であった。もっとも東インド会社の船に乗った人々はまさに多種多様な国籍と経歴を持つ人々であったろう。

しかし出島での暮らしは、トゥーンベリーにとって牢獄だった。島の外に自由に出ることは禁じられ、世界の動向を知ることもできなかった。アフリカの大地を羽ばたくように探検した経験を持つ彼にとって、その閉塞感は晴れることがなかった。しかもアフリカでもバタヴィアでもトゥーンベリーに提供された住居は、いわばオランダ式のもので、暮らしぶりはヨーロッパと変わりなかった。

ところが日本でトゥーンベリーにあてがわれた住居は日本式の家屋で、出島の入り口から真っ直ぐ進み、最初の角を右に折れた二件目の家だった。そこには小奇麗な部屋が三つと倉庫があった。トゥーンベリーはフェイトに言った。

「なぜ我々は日本式の住居に住まなければならないのですか？　ケープでもバタヴィアでももっと快適な家が建てられているというのに」

「君の気持ちはよくわかる。しかし幕府との契約で仕方ないのだ。我々ができることは入り口と屋根上の物見台程度の造作に過ぎないのだ」

「そういうことですか。商館長の家の入り口はなかなか変わった意匠ですが、あれはあなたの趣味ですか？」

「いや、違うな。誰の趣味か知らんが、きっとオランダの運河にかかる跳ね橋を懐かしんだ商館長があああいう形にしたのだろうよ」

「それにしても最近は少し冷え込むようになりましたね。スウェーデンの寒さには慣れている私ですが、吹き込む隙間風には閉口しますね」

「しばらくすると炭火で暖を取るようになるが、火の扱いには長崎奉行所は神経質だ。過去にも火事があって、その度に規則が厳しくなったのだ」

「私は経済的に余裕がありませんが、なかには自分で持参した家具や内装材で何とか快適に住もうとする人も結構いますね」

トゥーンベリーはそういうことに幸か不幸か興味はなかった。

長崎の町にはパンを焼く職人もいて、新鮮な焼きたてのパンを出島まで届けていた。出島にはオランダ料理を作る料理人が住み込んでいた。さらにバタヴィアから連れてきた現地人もおり、まさにインターナショナルな雰囲気が漂っていた。オランダ人たちは島の東に建てられた建物の中でビリヤードに興じ、バタヴィア人はバドミントンを楽しんでいた。出島は日本でのバドミントン発祥の地でもある。

やがて年が改まり新年を迎えた。朝の寒さは身にこたえたが雪は降らなかった。奉行所の出島関係者始め通詞の面々、長崎の有力者が礼服を身にまとい、「カピタン部屋」と呼ばれる住まいに新年の挨拶に訪れた。昼には客人たちは大広間での正餐の席に招かれた。当時の日本では「カピタン部屋」の大広間だけがヨーロッパの食事を味わえる唯一の宴席であった。いわば新年の「オープン出島」であった。

一同が食卓の大テーブルに着くとフェイトは新年の挨拶を述べ、長崎奉行所の上検使が感謝の言葉を述べた。やがてスープが給仕によって皆の皿に配られた。招待された日本人は全員それに手をつけた。しかしその後に出された肉料理やケーキやクッキーを口に運ぶ者はいなかった。ところが食事の最後には、残っている料理はまったくなかった。出されたものは少しずつ皿に盛り付けられ、その上から紙で覆われ、送り主の商館のオランダ人の名前が書かれ、長崎の町に送られたからである。これが何回か繰り返されたのであった。

それを目にしたトゥーンベリーは驚いて隣席のフェイトに聞いた。

「一体何が起こったのですか?」

「これもまあ新年の儀式のひとつで、普段口にできないものをできるだけ多くの日本人に味わってもらおうという配慮なのだ。肉は乾燥させて漢方薬として使うらしい」

トゥーンベリーも納得した。

午後には日本料理が振舞われた。カピタンに呼ばれた丸山の傾城たちは燗酒を一同に酌をして回り、新年のめでたい踊りを披露してにぎやかに新年を祝った。夕方の星が瞬き始める頃、招待客は帰っていった。

驚きに満ちた宴も終わり、自分の住居に戻ったトゥーンベリーはひとり静寂の中に身を置いた。冷え冷えとした孤独のうちに三年前のアムステルダムのブュルマン家でのクリスマスを思い出した。彼らの温かさと優しさが無性に懐かしく感じられた。異邦で過ごすクリスマスや新年の時ほど、故郷や親しい人々を思い出すことはない。その時、トゥーンベリーは荷物の奥深くしまわれていた、ブュルマン教授の書簡を思い出したのだった。それを取り出し封印を開け、読むと思わず驚きの声を上げた。それにはこう記されていた。
「アムステルダム、一七七二年十二月二十六日
親愛なるトゥーンベリー君、君がこの書簡を日本で開く時には、ドクターと呼びかけなくてはならないだろう。無事に日本に到着したことに心からお祝いを申し上げよう。そも

そもこのような形で私の書簡を君に託した理由は、高貴な身分の方々からの内密での依頼によるものだ。

　ザクセンのフリードリッヒ・アウグスト三世、イギリスのジョージ三世、ウィーンの神聖ローマ帝国の盟主ハプスブルク家のマリア・テレジア皇帝妃の三人がその方々なのだ。君はさぞ驚くであろう。このヨーロッパ政治の担い手が、揃って『日本の椿』を所望しているのだ。しかもそれぞれ別のルートで私のもとに依頼が届いたのだ。それは偶然であろうが、私にも全く予期しないことだった。

　最初はザクセンのフリードリッヒ・アウグスト三世だ。ドレスデンのオランダ公使を通じて私のところに依頼状が届いたのだ。国王は『王座に君臨する庭師』とも呼ばれるくらい植物に造詣が深い。ピルニッツの現在の庭園は彼の趣味が如実に表れている。恐らく彼の日本の椿に対する強い興味が高じたのであろう。

　イギリスのジョージ三世は、ドイツのハノーバー出身の祖父の代からイギリス王として君臨していることは君も知っているだろう。彼の祖父と父はその治世の間、ロンドンよりも故郷のハノーバーにいることが多いくらいだった。

　彼らの居城はヘレンハウゼンと呼ばれ、その庭園には優秀な宮廷庭師のヨハネス・ブッシュとコンラート・ロッディゲスが勤めていたのだ。二人はジョージ二世の命令でイギリスに渡り、ロンドン郊外で園芸業を営んで成功した。私はロッディゲスを個人的に知っており、彼がジョージ三世の意向を伝えてきたのだ。ハノーバーのヘレンハウゼンとロンドンのキュー植物園にそれぞれ椿を一本ずつ欲しいというのだ。

最後はウィーンのハプスブルク家だが、ウィーンからの特使が隠密裏に私を訪ねてきたのだ。プロイセンとの継承戦争を乗り切ったハプスブルク家は、皇帝妃のマリア・テレジアが神聖ローマ帝国の事実上の皇帝として君臨している。皇帝妃や女王が国を治めているときは比較的戦争は少なく、経済や文化が興隆するものなのだ。ウィーンにもシェーンブルンの見事な庭園があり、宮殿はバロック文化の花盛りだ。

それではなぜ日本の生きた椿が必要なのか、私にも真意はわからないが、どうやら磁器と関係しているようなのだ。ザクセンにはヨーロッパで最初に発明されたマイセン磁器がある。現国王の曾祖父のアウグスト強王がベットガーに創らせたブランドだ。ヘレンハウゼンにはハノーバー家の磁器窯フュルステンベルクがあり、イギリスには磁器ではないがウェッジウッドという窯がある。ウィーンにはマイセンから漏れ伝わったアウガルテンの磁器があるではないか。恐らく椿の花をモチーフにしたデザインで何か新しい焼き物を開発しようというのが目的ではないかと私は想像している。そのために生きた椿が必要なのだ。

君にも見せたが、我が家にある有田焼の壺には美しい椿が描かれているではないか。発端はドレスデンかもしれないが、ロンドンやウィーンには情報が筒抜けになっているのかもしれない。

以上が私のもとに来た依頼のすべてである。したがってトゥーンベリー君、日本滞在中に是非とも椿を手に入れてヨーロッパに送ってほしいのだ。各国の国王は互いに同じ依頼が私のもとに来ていることを知っているかもしれない。その場合、椿の種類が違っては私の立場上まずいことになる。人間は他人の持っている物が良く見えるものだ。したがって同じ種類のものにしてもらいたい。

日本での滞在が実り多きものとなるよう、そして君が無事オランダに戻り、日本の椿と共に元気な姿を我が家に見せてくれることを願っている。

ヨハネス・ブュルマン教授」

トゥーンベリーは早速思案を巡らせ始めた。自由に日本の野山や町を出歩くことができければ椿を手に入れることなど問題ではない。日本に着いた時から、椿は長崎ではよく見かける植物であった。

出島にはオランダ語の通訳がしばしばトゥーンベリーを訪ねてきた。彼らはヨーロッパの新しい知識、とりわけ医学に関する情報を得ようと積極的だった。なかでも吉雄幸作は若くして大通詞、つまり一級通訳となるほどオランダ語に堪能であり知識も豊かで向学心に富み、今では押しも押されもしない権威者だった。この大御所とトゥーンベリーとはうまが合った。トゥーンベリーが長崎に来る前年には、杉田玄白と前野良沢による『解体新書』が出されていた。この二人はオランダ語を翻訳するに当たり、吉雄幸作から指導を受け、彼がその翻訳本の序文を書いたのだった。

年が明けて春になったある日、吉雄幸作が茂《しげ》節右衛門と伝之助の通訳の親子を伴って訪ねてきた。吉雄幸作は言った。

「この二人は植物に関する造詣が深く、きっと先生とは話が合うでございましょう」

トゥーンベリーは来航した時に、高鉾島で採集した植物の標本を見せながら二人と話し始めた。二人の話は的確で、トゥーンベリーの二人への信頼は急速に高まった。

「ところで茂殿、出島の外では椿が咲いているであろうか」

茂節右衛門は答えた。

「さよう、咲き始めてござる。椿は春を告げる花で、その美しさは格別でござる。この狭い出島にあっては、椿の花を見たいと思うのは至極当然でございましょう。ヨーロッパには椿はないと聞いておりまするが」

トゥーンベリーは頷いて続けた。

「その椿を手に入れたいと思うのだが」

茂節右衛門は首を傾げながら、

「さあて……、あ、そうそう、それがしに植木業を営んでおる者の心当たりがござる。今度外出が認められた時に一度訪ねて見てはいかがで」

トゥーンベリーは喜んで言った。

「茂殿、それはありがたい。早速話をつけて下さらぬか？　植物採集ということで奉行所に外出許可を願い出てみよう。行き先はどこであろうか？」

「出島から北東に三里ほど参りますと『古賀』という里がございます。そこには昔から植木を生業とするものが多く住み着き、珍しい植物をたくさん育ててござる」

それから数日後、トゥーンベリーは茂節右衛門始め他の通訳を伴って長崎の郊外に植物の採集に出かけた。春にはまだ少し早いうららかな日であった。里にはウグイスが美しい声で鳴いていた。トゥーンベリーは久しぶりに自由を得て身も心も弾むようであった。

茂節右衛門の案内する植木屋の緩やかな傾斜地に、桜、梅、紅葉、松など数多くの苗木が植えられていた。人のよさそうな植木屋は、一行を案内しながらトゥーンベリーに話しかけた。

「椿が御所望でございますか？　この先には椿ばかりを植えてございます。そこでお気に召したものを選んでいただきましょう」

植木屋が先に立って彼らを案内した場所には各種の椿が植えられており、色とりどりの花をつけていた。白、赤、桃、赤い筋入りの白と、それはトゥーンベリーが初めて見る絢爛たる光景だった。

一通り見て回った後で、トゥーンベリーは言った。

「少し赤みの強い、やや桃色の椿が気に入った。素朴だが可憐な美しさがなんとも言えない」

「これはヤブツバキという日本各地に自生しておりますもので、長崎の五島のものが有名です。島には樹齢数百年を越えるものが多数あり、その島から持参した苗木にございます」

「それほどの長寿の椿であれば、ヨーロッパへの長い船旅にも耐え、根を下ろした土地に末永く花を咲かせるであろう。この椿にしよう」

トゥーンベリーがそう言った時だった。椿の苗木の陰から竹籠を背負った若い娘が表れた。彼女はトゥーンベリーを見ると、藍染の被り物を取って挨拶した。植木屋が言った。

「我が家の娘の『はな』でございます。苗木の手入れや椿油を絞るのを手伝わせております」

この娘の髪は黒く、その瞳も同じように黒く、きらめく光を湛えていた。その顔は色白で、紅の唇はそれを一層際立たせている。

トゥーンベリーは目の前の椿の化身が表れたように感じて、しばらく無言で娘を見詰めていた。今まで彼が見たことのない神秘な美しさにしばし我を忘れた。

やがて夢から覚めたようにその娘に微笑んだ。

「名前は『はな』であるか?」

茂節右衛門が通訳した。

「『はな』と申します」

娘は恥じらいながら答えた。

「『はな』か。『はな』は花の意味か？」

トゥーンベリーは茂節右衛門に聞いた。

「その通りでござる。さすが先生、早くも日本語を覚えましたな」

それを聞いた人々から思わず笑い声がこぼれた。

「この椿を今直ちに出島に持っていくことは難しい。まもなく江戸参府の時期であり、私はカピタンと共に江戸に行かねばならない。しばらくここで預かってもらえまいか？」

「承知いたしました。それまで娘に大切に世話をさせましょう」

植木屋がそう言うと「はな」は恥ずかしそうに頷いた。


それから数日して、大通詞の吉雄幸作が出島のトゥーンベリーを訪れた。

「気に入った椿が見つかった由、祝着でござる」

そう言いながら彼はトゥーンベリーに重ねて聞いた。

「しかし同じ椿を四本所望とは少し合点が行かぬが……」

「それについてはあまり詮索されぬように。私にも詳しいことはわからぬが、アムステルダムの有力者からの依頼なのだ。ところで幸作殿、珍しいものがあるのだが」

そう言ってトゥーンベリーが出してきた物は「イッカク」の牙であった。

それを見た吉雄幸作は言った。

「さて、見たところ象牙ではなく、何であろうか」

トゥーンベリーはさりげなく言った。

「北極海に棲息する『イッカク』の牙だ」

オランダ貿易に詳しい大通詞は驚いてそれをしげしげと見つめ直した。

「その昔、やはり出島にもたらされたという記録がござる。さらに太閤秀吉が『イッカク』の簪《かんざし》を持っていたそうな」

トゥーンベリーは頷いた。彼ほど博学な学者の言葉に嘘偽りがあるはずもない。吉雄幸作は当時大通詞としての地位とともに、富裕な学者としても知られていた。

「先生、これをそれがしに譲ってはいただけないか?」

彼は幕府には内密の私貿易に当たることを百も承知ではあったが、貴重で価値ある物はいつもこうしたルートで日本にもたらされることが多かったのである。

トゥーンベリーはこうして思いがけない大金を手にすることができたのであった。

トゥーンベリーの商売に関する意外な興味を感じ取り、吉雄幸作は話を経済の面に向けてみた。するとトゥーンベリーの答えはなかなか興味深かった。

「今までアフリカとバタヴィアを経由してきたが、日本ほど商業が進み、その取引に用いられている通貨が充実している国は初めてであった。ヨーロッパから遠い国でありながら、同じような貨幣経済が発展していることに驚きを禁じえない」

そこで大通詞は言った。

「日本の通貨は国外持ち出しを禁じられております。しかし先生に興味がおありであれば、古銭をも集めてお持ちいたそう」

トゥーンベリーの貨幣に関する興味は相当大きなものであったようで、一七七九年に彼が故郷に帰った直後に催された講演会のテーマは、「日本の硬貨について」であった。そのようにして収集された日本の大判、小判始め各種の貨幣は、今日でもスウェーデンに大切に保存されている。

「ところで幸作殿。ひとつ折り入って頼みがあるのだが」

トゥーンベリーは思い切って切り出した。

「先生、改まって一体何事でござるかな?」

吉雄幸作は訝しげな顔をして尋ねた。

「椿を買い求めた植木屋の娘のことだが。あの娘を出島に呼んで、椿の世話をさせるわけにはいかないであろうか?」

その言葉を聞いて大通詞は驚くと共に、少々呆れて聞き返した。

「椿の世話でござるか? さあて……。その娘のことは茂節右衛門から話は聞いておるが、出島に町娘が出入りすることはご法度でござる。もちろん丸山の傾城《けいせい》であれば話は別であるが……」

吉雄幸作は思案に沈んだ。

「もちろん出島に住まわせることは奉行所が許さない。先生のお気に入りの傾城ということであれば……しかし本人もそうだが父親は同意するであろうか?」

六　江戸参府

それからさらに数日が経った。一七七六年三月四日、オランダ商館にとって一年で最大の行事である江戸参府の旅立ちであった。当時の諸大名が参勤交代で江戸へ行き来するのと同じように、江戸参府とは、長崎商館のオランダ人が日本との交易許可に感謝の意を現すために、年に一度江戸の将軍を謁見することであった。それはオランダが日本と同等の立場で貿易を営むということではなく、オランダ商館があくまで江戸幕府の支配下にあるということを意味した。

出島に勢揃いした旅立ちの行列は、大勢の人々に見送られて厳かに出発した。使節の中でオランダ人は商館長、つまりオランダ大使のフェイト、医師のトゥーンベリー、書記官のケーラーの三人だけで、それ以外の約六十名はすべて日本人であった。オランダ人は黒塗りの「乗物」（のりもん）と呼ばれる輿《こし》に乗って運ばれた。やがて長崎郊外の日見を過ぎ、矢上を過ぎ、トゥーンベリーの見覚えのある古賀の里に差し掛かった。

トゥーンベリーは乗物の小窓を開けて外を見た。彼の視線は、出島のオランダ人を一目見ようと道端に座って頭を下げている人々の列を滑り、やがて一人の娘の上に落ち着いた。

やはり「はな」もいた。トゥーンベリーは彼女にやさしい眼差しを向けて微笑んだ。「はな」の髪にはトゥーンベリーの選んだ椿の花が一輪飾られていた。頭を上げた「はな」の視線がトゥーンベリーを認めた。二人の視線はしっかりと結び合った。

「道中どうかご無事で」

「はな」はそうつぶやき、一行の姿が山の端に隠れるまでトゥーンベリーの乗物を見つめていた。


オランダ商館の大部分の荷物、食料、ビール、ワイン、リキュールなどは一か月前から準備され、海路で下関を経由して兵庫まで運ばれることになっていた。しかし将軍や幕府高官への献上品は海路の嵐による損傷のリスクを避けて、陸路で運ばれた。ケンペルの時代、商館長以外は馬に乗って雨と寒さに耐えながら行ったと記されているが、トゥーンベリーには乗物での旅路は快適であった。その昔、ケンペルは長崎を発って大村湾を海路で彼杵《そのぎ》まで行ったが、今回の旅はここまですべて陸路だった。

それにしてもケンペルが参府の旅をした一六九一年からすでに八十五年の歳月が経っていた。トゥーンベリーの見た物はケンペルの書き残している物とほとんど変わりがなかった。ヨーロッパでは考えられないことだった。

「日本では時の経過が遅いのではなく、止まっているようだ」

トゥーンベリーは独り言を漏らした。

一行は小倉に着いた。そこから船で下関を経て悪天候に悩まされながら兵庫まで行き、そこでいったん下船して陸路神崎に至った。そこから小船で大坂に向かった。当時の大坂はトゥーンベリーにとってとても魅力的な都会に見えた。

トゥーンベリーはこの旅の途中で多くの植物を採集できることを期待していた。しかしその期待は江戸に至るまでことごとく裏切られたようなものだった。

「街道の脇にある田畑は見事に人の手が入り、雑草など生えていることはなかった」

と書き残している。休耕地や耕作放棄地など皆無だった。唯一の例外は箱根の山越えだった。トゥーンベリーは乗物から降りて徒歩で山を登った。ケンペルがやったようにここで植物の採集を試みようと計画していたのだ。アフリカの大地で鍛えた健脚で縦横に動き回ったので、お供の通訳や役人は付いてくるのにやっとだった。長崎以外で植物を採集できたのは箱根だけだった。当時、トゥーンベリーは旅の通路から大きく外れることは許されなかったが、ここは彼の植物への好奇心を満たした。

そして四月二十七日、とうとう江戸に着いた。高輪の大木戸を通って以来、オランダ商館一行を一目見ようと押しかける町民は益々増えていった。右手に見える品川沖には積荷を満載した多くの船がひしめいていた。その景色はトゥーンベリーに商業の発達したアムステルダムの町を思い出させ、大都会にやってきたという感慨を催させた。

やがて江戸城が左手に見え始めた。濠《ほり》を隔てて聳える江戸城は、オランダの水城に似ていると彼は思った。日本橋に差し掛かった頃には、警備の役人が道の両側に一列に並んで、ひしめく群衆を必死で押し止めていた。橋を渡り、しばらく行くと時を告げる本石町の鐘が見えた。そこを右に曲がると宿舎の長崎屋であった。

オランダ商館一行の定宿は長崎屋であり、その昔、ケンペルが滞在した時と同じであった。

「その宿舎は遥々ヨーロッパから来た者が歓迎を受けるほど立派ではない」

トゥーンベリーは第一印象をそう書き記している。オランダ人一行は江戸滞在中、長崎屋から自由に出ることは許されなかった。出入口は裏通りに面していた。一行の宿泊室は二階にあり、商館長に個室、トゥーンベリーと書記には襖で仕切られた一室が与えられ、共用の食堂兼応接間、浴室と洗面の付室が全てであった。窓は高い位置に付いていて外部を見晴らすようなものではなかった。

「ドクター・トゥーンベリー、それにしても日本人の好奇心はたいしたものですな」

商館長のフェイトは言った。

「朝から大勢の江戸の庶民が押しかけ、まるで我々は見世物ですな」

トゥーンベリーも同感だった。

「特に子供たちは我々の姿を窓越しに見かけると大騒ぎですね。ところであの時を告げる鐘は何とかならないものですかね。フェイト商館長」

「全く。アムステルダムにも教会がたくさんあって、鐘には慣れているもののあの音色は低すぎますな」

長崎屋の近くにある本石町の鐘は、オランダ人一行を歓迎するかのように神田界隈に休むことなく鳴り響いていた。

この宿の主人は長崎屋源右衛門と代々名乗り、一行の到着と同時に挨拶に顔を見せた。

「これはこれはフェイト・カピタン、長旅お疲れ様でございました。江戸安着の儀、お祝い申し上げます。二年ぶりでお目にかかりますが、ご壮健の様子、お喜び申し上げます。お医者のトゥーンベリー様、書記のケーラー様もようこそお出でくださいました。どうぞ宜しくお願い申し上げます」

すでにフェイトと顔なじみの源右衛門はにこやかに挨拶した。彼は一行の江戸滞在中の身元引受人であった。さらに江戸城の登城にも同行を許されるほどの重要な役割が与えられていた。そのうえ長崎からの一行が携えてきた将軍及び幕府高官への献上物保管の責任者でもあった。


オランダ商館一行は将軍拝謁の許しが下りるまで、長崎屋で待機していた。しかしこの間、連日のように多くの医師、通訳、学者が訪ねてきた。将軍の侍医、桂川甫周は医師の中川順庵と連れ立ってほとんど毎日やってきた。トゥーンベリーがヨーロッパの最新の医学を修めた医師という評判がすでに江戸に届いていたのだった。江戸ではオランダ使節の、学者でもあり医者でもある者との交流が許される長崎屋が、ヨーロッパ文明に触れる唯一の場所だったのである。

平賀源内は異色の蘭学者、発明家、画家、科学者として今日まで知られている。ある日彼が中川順庵と連れ立ってトゥーンベリーを長崎屋に訪ねてきた。長崎で手に入れた静電気発生器の「エレキテル」を七年間かけて復元したばかりだった。

「これを先生に是非見ていただこうと持参いたしてござる」

長い顔立ちの源内は誇らしげに四角の箱をトゥーンベリーの前に置いた。そして箱の横から突き出たハンドルをぐるぐる回したのである。やがて箱の上から角のように突き出た二本の金属の間に稲妻のような光が走った。

電気についてトゥーンベリーは知ってはいたが、その知識はそれ程深いものではなかった。

こうして日本の学者がその放電装置を修理したことに驚きの色を隠さなかった。気を良くした源内は懐からさらに自分で制作した「面白いもの」を取り出した。ガラスの表面に水銀をメッキした手鏡だった。それに写した自分の顔も、歪みのない見事な映像だった。それを見た中川順庵は言い添えた。

「先日、先生から水銀を用いた梅毒治療薬をお教えいただいたばかりでござる」

この治療薬はトゥーンベリーがパリで学んだ時に習得したもので、当時は最先端のものであった。

源内の知識は相当なもので、トゥーンベリーも彼の博学には驚きを禁じえなかった。話はさらにチューリップに及んだ。

「江戸参府に来られたカピタンから貰い受けた球根から花が開いたが見事であったの」

源内がそう言うと順庵が言い添えた。

「あれは今から九年前であろうか。カステンスというカピタンからもらったのであったな」

源内は日本で初めてチューリップを咲かせた人物であったばかりでなく、本草学の分野でも一流であった。トゥーンベリーはこの天才が巷間で工房を営み、官職に就いていないことを不思議に思った。彼ほどの知識を持っている人物であれば、藩主の薬草園を管理するには最適の人材であった。

「気ままで縛られたくないというのが本音であろうか」

源内は事もなく答えた。

「それではどのようにして暮らしを立てているのか」

トゥーンベリーはいささか立ち入った質問をした。

「本を書いてござる」

源内は確かに当時のベストセラーともいうべき『根無草』や『風流志道軒伝』などの著作を世に出して久しかった。近くでは『放屁論』という書物も上梓していた。

トゥーンベリーにとっては、国を閉ざした国の内側でこのような天才が、自由に生きていることは大きな驚き以外の何物でもなかった。

オランダ宿長崎屋は連日千客万来であった。その日は『解体新書』を携えた杉田玄白と前野良沢が中川順庵とともにやってきた。彼らは熱心にこの本の内容について質疑を繰り返した。トゥーンベリーにとってこのドイツで書かれた書物が、オランダ語に翻訳され、それがまた日本語になったことは大きな驚きであり感動であった。

彼はパリとアムステルダムに学んだ時に手に入れた世界でも最新の外科用器具を一同に見せた。彼らはその器具を見て大きな驚きを示すと共に、それを所持しているトゥーンベリーを一層尊敬の眼差しで見つめた。その折にトゥーンベリーは持参した最新の医学書を数冊彼らに売り与えた。

江戸滞在中には何回か地震があった。トゥーンベリー自身はそれに気づかなかったこともあった。しかし船に乗っているわけでもなく風もないのに、建物が揺れることは初めての経験だった。地震ではないが、江戸の大火事について商館長フェイトは語った。

「初めての江戸参府の時、一七七二年春の江戸の火事はひどかった。昼に出火して翌日の夜まで燃え続け、我々オランダ商館一行の宿舎長崎屋まで焼けてしまった。あの時は逃げ惑う町民とともにようやく寺に落ち着くことができた。まったく生きた心地がしなかった」

ちょうどその時、明日の謁見の打ち合わせのため、長崎屋の主人、源右衛門が長崎からオランダ使節を同行して来た大通詞の吉雄幸作とともに二階の部屋に入ってきた。

「ドクター・トゥーンベリーに江戸の火事の話をしていたところだ」

商館長フェイトは源右衛門に話しかけた。

「全くあの時は大変な騒ぎでした。明和九年の目黒行人坂の大火でございました。幸い幕府への献上品はすでに江戸城に運ばれており助かりました。しかし神田界隈まで火が押し寄せて参りまして、とうとうこの近辺も含む江戸の三分の一が燃えてしまいました」

　オランダ商館一行の宿泊責任者であった長崎屋の苦労は想像を絶するものであった。

「あの節は出島のオランダ商館様には大変お世話になりました。お陰さまでこのように長崎屋が立派に再建できましたのも、ひとえに皆様のお陰でございます」

　源右衛門はフェイトに向かって平伏した。

　長崎屋は唐船とオランダ船がもたらす薬剤を販売する薬業が本業であった。その傍ら江戸参府のオランダ商館一行の江戸での宿を営んでいたが、この大火で家屋が焼失してしまい、再建は一筋縄にはいかなかった。幸いオランダ商館から砂糖を送ってもらい、それを販売することにより長崎屋再建の資金援助を受けることができたのである。

「あの時は一万人を越える死者が出た、と後に聞いたが、その時の幕府の対応は迅速で的確であったな」

　フェイトは自らの体験を思い出しながら語った。

「災難を免れた寺院や大名屋敷では炊き出しの食料を供出、雨露を凌ぐお救い小屋のお陰で大勢の町民が助かりました」

　同じ体験をした長崎屋源右衛門も同感だった。

「あの大火事のため緊急事態ということで将軍の謁見も簡単なもので、我ら一同すぐに長崎へ帰国することになったのであったな。道々江戸への救援物質が送られ、復旧に向けた幕府の指導力は賞賛に値するものであった。江戸市中でも略奪なども起こらず、整然と助けを待つ日本人に感心したものだ」

フェイトはそれ以来、危機に際しても騒がず秩序を保つ日本と日本人を心から好きになったのだ。

「長崎での生活は単調で窮屈ではあるが、一年おきに何度も危険を冒して長崎に来るのは日本にはその価値があると思うからだ」

トゥーンベリーも、フェイト商館長の心情をこれほど理解できたことはなかった。事実フェイトはさらに二回長崎に来て商館長を務めている。

「それは日本の民の絆でござる」

大通詞の吉雄幸作が、ぽつりと言った。


五月十八日、使節は将軍家治との謁見の日を迎えた。彼らは正装して剣を帯び、長崎屋から乗物に乗り江戸城に赴いた。長崎屋界隈はオランダ人を見ようと押しかけた町人で溢れていた。

江戸城ではフェイトが将軍家治に拝謁した。オランダ商館のもたらした献上物がすでに並べられている。そこを大通詞に伴われたフェイトが大広間に入る。長崎屋源右衛門はトゥーンベリーとケーラー書記とともに次の間で控えている。フェイトが「蟹の横歩き」と呼ぶ動作で前に進み将軍と世継ぎの君に平伏すると、「オランダのカピターン」という声がする。フェイトは将軍と若君の顔をちらりと見ることができるだけである。商館長は前と同じ動作で退出する。遥々長崎から江戸までの長旅のわりにはあっけない幕切れとなる。

フェイトはこれで三度目の拝礼であり、式次第にもすっかり慣れていた。彼の動きはスムーズで儀式は滞りなく進行した。長い拝礼の歴史の中には著しく肥満した商館長の記述もあり、その時は「誠に見苦しき有様」であったと記されている。

その場には老中の田沼意次も同席していた。この人物こそ安永の時代に経済、文化の面で大きな繁栄をもたらした名政治家であった。彼は海外からの技術や文化を取り入れることに積極的であった。蘭学の中心であった長崎には、その政策に刺激されて意欲に燃えた若い日本人が数多く集まった時代でもあった。

その後で「蘭人御覧」の儀式に移る。商館の三人が本丸の白書院に通され、そこで彼らの身につけている衣装、帽子、帯剣が将軍、諸大名、大奥の婦人にも披露される。その時は簾の後ろに控えた高貴な人々からさまざまな質問が浴びせられる。

将軍家治は政治向きのことはおおむね老中の田沼意次等にまかせ、自分は趣味の世界に生きたきらいがあった。織田信長以来、将棋は大名のたしなみであり、初代将軍家康は将棋の愛好者でもあった。信長、豊臣秀吉に仕えた大橋宗桂を将棋所に任命したのも家康であった。将軍家治の趣味は将棋であり、歴代の将軍の中でも最高の棋力の持ち主であったようだ。

商館長のフェイトと二年前にも顔を合わせている将軍は突然彼に聞いた。

「オランダ国にも将棋はあるか?」

意外な質問にいささか驚いた商館長ではあったが、そこは落ち着いて西洋のゲームのチェスについて説明を始めた。

一通り聞き終えた将軍は満足して言った。

「いつかオランダの国王と将棋を差したいものじゃ」

「蘭人御覧」の儀式を終えた使節の三人は、江戸城から江戸の町を遥かに展望する高台に案内された。そばに付き添っていた閣僚の一人が言った。

「江戸の町は周囲二十一里あまりで、徒歩で要する時間は二十一時間でござる」

再建された江戸の町は延々と連なる甍《いらか》の波と、所々に見える大きな寺院の建物と五重の塔がアクセントになった調和の取れた美しい町であった。家並みの間には運河が掘られ、水の都でもあった。トゥーンベリーはその眺望に感動して、今まで見た最も美しい町であると思った。長い旅の苦労が報われた気がした。


将軍拝謁が無事終了した御礼に商館長一行は老中、若年寄、側用人、寺社奉行、南北両町奉行、宗門奉行、長崎奉行などの幕府高官を順次訪問した。それぞれの屋敷には事前に長崎屋から贈り物が届けられていた。この時も江戸の町筋にはオランダ商館一行を見ようと大勢の群衆が押しかけ大変な騒ぎであった。

この三日間にわたる行事が済むと、今度は帰国の前日、「暇乞い」の挨拶に再び江戸城に赴く。大広間に勢揃いした高官の前で宗門奉行から「御条目」が読み上げられる。これはオランダ人に対する幕府の方針を確認するための儀式であった。その内容はキリスト教禁止、オランダとの貿易の継続、唐船及び琉球船の保護である。カピタンが大広間での儀式を終えて引き下がると、将軍からの時服の贈り物を戴く。宿舎の長崎屋に戻ると幕府高官から返礼の贈り物も届いていた。

長崎屋源右衛門が二階で寛ぐ三人に大通詞とともに挨拶に上がってきて言った。

「皆様、大変お疲れ様でございました。これで今年のすべての儀式は無事終了いたしてございます。今年は来月に将軍が日光東照宮に参拝されることになっております。そのため か幕閣の皆様は大変お忙しい様子でございます」

「我らが長崎から来参する旅も大変なものだが、将軍が御出ましとあればそれはさぞ出費も高額になるであろうな」

フェイト商館長はオランダ人らしく、経済的な面からコメントした。

五月二十五日、江戸から長崎に戻る日を迎えた。長崎屋には別れを告げに大勢の人々が押しかけてきた。その混雑は到着した時の規模をはるかに上回った。

復路は来た時と同じ道筋を辿り、東海道から京の都に上った。帰り道ははるかに自由であった。京都での宿泊所は往路と同じ川原町三条の海老屋、主人は村上文蔵であった。海老屋の家業は江戸の長崎屋と同様であり、長崎屋がオランダ商館一行の将軍拝謁の責任者であったと同じように、京都所司代訪問時の担当者であった。来る時に一行は所司代から「東海道人馬並船川渡し証文」を発行してもらい、帰路その御礼に進物を納める慣わしであった。六月十二日に所司代での謁見を許された。さらに東西両町奉行所にも挨拶している。

「ドクター・トゥーンベリー、江戸参府の山場はこれで越えたことになる。京ではすこし息抜きができるというものだ」

江戸参府の帰路、京都での楽しみがあるのか、フェイトはにこやかに言った。

「江戸では毎日訪ねてくる学者との対応で休む間もありませんでした。ここでは少し物見遊山もできると聞いておりますが」

そこにいた海老屋の主人は大通詞を介してトゥーンベリーに説明した。

「明日は最初に東山の麓にある方広寺を御覧いただきます。そこには日本一の大仏が鎮座してございます」

この大仏殿は豊臣秀吉が建立、一五九六年の慶長の地震によって倒壊、その後、豊臣秀頼が再建したものであった。大仏は今日我々が奈良で見ることができる大仏より大きく、床には御影石が敷き詰められていた。大仏の鎮座する大仏殿の建築に対して、トゥーンベリーは「採光が十分でない」と辛口な批判の言葉も残している。この大仏は彼が訪れた二十二年後の落雷で焼失して今日では存在しない。

「引き続いてそばにある三十三間堂も一見の価値がございます」

海老屋の主人の言ったとおり、この寺院の仏像はトゥーンベリーにはよほど印象が強かったようで、林立する諸仏について彼は詳しく記録している。


その後、伏見から淀川を船で下り大坂に向かった。復路彼はここに二日間滞在しているが、江戸参府の旅のなかで最高の楽しみを得たのもここであった。トゥーンベリーは大坂をフランスのパリに譬えるくらい気に入った。

大坂での定宿は長崎屋であり、ここでの一行は京都と同様、大坂城代と東西両町奉行所を訪問、江戸参府の御礼を言上している。

公式の儀式を終えた後で、長崎屋の主人から一行は大坂滞在中の予定の説明を受けた。

「住吉社と天王寺の参詣、ならびに芝居見物を予定しております。手前は銅座の代表をも務めておりますので、その吹所《ふきしょ》をも御覧いただきます」

「その吹所とは一体何であろうか？」

トゥーンベリーが聞いた。

「輸出用の銅の精錬所でございます」

「ああ、そうか。長崎でオランダ船に積み込んでいた銅棒のことか。あれは見事な品物であった。是非見たいものだ」

「承知いたしました。明日、とくと御覧くださりませ」

長崎屋の主人は嬉しそうに微笑んだ。

芝居と舞踊を見たがトゥーンベリーにはさして面白くなかった。それに比べて、鳥を売る店の立ち並ぶ小路、珍しい植物が植えられている庭園などは大いに気に入った。そこで彼はアムステルダムの篤志家が彼に託した資金で、もちろんその金は日本に来る途中で使い果たしてしまっていたが、江戸での私商売で十分な手持ちの金を持っており、できる限り多くの鉢植えの植物を買った。

そこでの買い物は、彼に長崎郊外古賀の植木屋での有様を思い出させた。

「今頃『はな』はどうしているだろう。あの椿はまだ花を咲かせているだろうか」

ひとりつぶやきながら彼は見事に手入れのされた植木を見て歩いた。そして選んだのは楓と蘇鉄だった。トゥーンベリーはその植物を荷造りさせ、海路で長崎に送るよう指示した。彼の帰国時には、長崎の椿と一緒にオランダのブュルマン教授のもとに持参するつもりであった。

一方、「吹所」と呼ばれる銅の精錬所は彼の大きな関心を引いた。日本から輸出される銅棒は純度が高く、価値の高い商品であった。その銅棒の製法を知りたいと思っていたトゥーンベリーは、この精錬所での作業工程を逐一見て回った。

名残の尽きない大坂から兵庫に至り、そこから再び海路で下関に向かった。帰りの船旅は行きに比べてすこぶる順調で、数日の間に下関に着いた。そこから小倉に渡り、来た道を辿って六月三十日、無事長崎に帰り着いた。ほぼ四か月にわたる、世界で唯一の貴重な旅の体験であった。

長崎に戻ったトゥーンベリーは、再び植物採集の許可を奉行所に願い出た。気がかりはもちろん「はな」と四本の椿であった。目指すは古賀の里であった。その日は梅雨の合間の雲間から薄日が差す日であった。早春の景色からすでに濃い緑が目にまぶしく、ホトトギスの鳴く声が山間に響いていた。

「はな」は待っていた。

トゥーンベリーは「はな」を見ると微笑みかけた。

「ようやく江戸から戻ってきた。また会えてとてもうれしい」

習い覚えた日本語で直接「はな」に語りかけた。

「はな」ははにかむように微笑むと、椿の植えられている場所を彼に指で示した。

トゥーンベリーは「はな」の後に続いた。

椿を一目見るなり彼は安心した。しばらく見ないうちに椿は大きく生長したように見えた。

「おお、ありがとう。こうして元気な椿に会えてとても嬉しい」

トゥーンベリーは「はな」の手を握りながら朗らかに言った。

「はな」もやはり嬉しそうであった。

「これからこの椿を出島に移さねばならない。出島に一緒に来てくれないか？」

トゥーンベリーは「はな」に思い切って聞いた。

今回も同行して来た茂節右衛門はその言葉をそのまま通訳したが、気にかかることを敢えて付け加えた。

「出島には女人が立ち入りできないことは知っておるな？　先生の申し出に同意すること

は丸山の傾城ということになるが、それでよろしいかの？」

「……」

うつむいたまま言葉は聞かれなかったが、「はな」は顔を赤らめながら頷いた。

その後一月余りの日が過ぎた。「はな」が出島に来るという知らせが届き、トゥーンベリーは朝から落ち着かなかった。茂節右衛門も来ており、こちらは椿の到着を待っていた。すでに大坂で手に入れた楓と蘇鉄は無事に長崎に着き、奉行所の承諾を得て出島の緑地に仮置きされている。

午後になって待ちわびた椿が荷車に載せられて到着した。トゥーンベリーと節右衛門は早速それを出島の東側にある緑地に置かせた。

トゥーンベリーは節右衛門に言った。

「これでひと安心。ブュルマン教授との約束の半分は果たせたことになる。あとはこれを無事にアムステルダムに運ぶだけだ。どうか無事に着いてほしいものだ」

トゥーンベリーの住まいは「外科蘭人部屋」と呼ばれていたが、そこに戻った二人は、茶を飲みながらこれから先の椿の船旅について語り合った。

「先生は日本からバタヴィアを経由してすぐにアムステルダムに帰られますか?」

「それは船の便にもよるが、途中で寄り道するかもしれない。せっかく日本まで来たのだから、帰りは自由に歩き廻れる所に立ち寄りたいとも考えている」

「その時は集められた植物も手元に留め置かれるつもりでござるか?」

「いや、貴重な植物はバタヴィアから最も早くアムステルダムに着く船で送ろうと思う」

節右衛門は納得した。

「日本の植物には、熱帯を経由する長い船旅は過酷でござる」


夕闇が迫る頃、表門に傾城が到着したという知らせが届いた。

「さあて、これにて退散つかまつる」

節右衛門は気を利かせてそそくさと姿を消した。

トゥーンベリーは節右衛門の後から外に出て、表門の方を見やった。すでに大勢のオランダ人も出てきて、それぞれ出島にかかる木橋を渡る馴染みの女たちを待っている。

その中であの椿と同じ紅の衣装を身につけた「はな」が最後に姿を現した。それは今までトゥーンベリーが見たこともない妖艶な「はな」の姿であった。まさに椿の化身が現れたようだ。

その姿に呆然と見とれる彼を見つけて商館長のフェイトが冷やかした。

「ドクター・トゥーンベリー、堅物のあなたがよくあのような美しい傾城を……。大した植物採集ですな」

その夜は出島の上の満天の星空に長い尾を引いて星が流れた。

普段は殺風景な「外科蘭人部屋」も「はな」がいるだけで急に明るくなったようだ。医療器具や植物標本の並べられている彼の仕事部屋で、二人は語り合っていた。机の上には椿の小枝が置かれていた。彼は「はな」に是非聞いておきたいことがあった。それは椿の増やし方と種についてであった。

「種で増やすことは普通ですわ。特に新しい花を作るときにはこの方法です。しかしたくさんの同じ椿を増やす時には、『挿し木』というやり方があります」

「はな」は鋏を手に取ると机の上の椿を取り上げた。次にその先端の芽を切り落とした。さらに一番下の葉を半分切って最後に小枝の下を鋭角に落とした。

「この小枝を水につけておき、その後水はけの良い苗床に移すのでございます」

トゥーンベリーは椿が実をつけているのを「なは」に指差した。「はな」はさらに椿油の取り方とその使い道についてもトゥーンベリーに語った。トゥーンベリーは日本語の知識を総動員して「はな」の言葉を理解した。

それから一か月後の七月三十一日、バタヴィアからオランダ東インド会社の帆船「ゼータイン」号が来航した。さらに二日後には新任のデュルコープ商館長を乗せた旗艦「スタフェニッセ」号が到着した。そして前年同様の手順で奉行所役人の荷物の検閲があり、荷降ろし、そして日本製品の積み込みが行われた。トゥーンベリーも大坂で買い入れた植物の他に、長崎の四株の椿を運び入れた。これらの植物は生育状態も良好で、これから地球の反対側へ向かう長い船旅にも耐えられそうだった。

旅立ちの日が近づくにつれ、トゥーンベリーには「はな」との別れの辛さが募った。そんな時に予期せぬことが起こった。新任の商館長が、トゥーンベリーにもう一年長崎にいてくれと言い出したのだ。同行してきた医者が頼りなかったのだ。トゥーンベリーの心は千々《ちぢ》に乱れた。今では「はな」の魅力に捉われ、何とか一緒にいたいと思い始めたトゥーンベリーにとって、もう一年長崎で過ごすことはもはや苦痛ではなくなっていた。彼はこのままずっと長崎にいることもできそうだった。「はな」と一緒であればそれもかまわないとも思った。

椿の美しさはバラに勝るとも劣らない。バラは夏に咲いて芳醇な香りを放つ。しかし椿は冬の花。もし椿の花にバラのような香りがあったとしたら、トゥーンベリーは長崎に留まったかもしれない。

しかしトゥーンベリーの心の中では、故郷を出た時から彼を突き動かしていた大きな力が帰るように命じていた。その力は有無を言わさず彼の背中を押し続けた。新任の商館長も彼を引き止め続けたが、それにも限度があった。

帰国を前に大通詞の吉雄幸作が、今までトゥーンベリーと親交のあった通詞たちを伴い、出島に訪ねてきた。彼らとは通訳の必要はなく、意思の疎通は迅速であった。

「皆様、短い期間ではありましたが、日本での勤めを無事に終えることができました。こうして日本を去らねばならないことは断腸の想いです」

トゥーンベリーがそう言って挨拶の言葉を終えると、通詞を代表して吉雄幸作が言った。

「トゥーンベリー先生、毎年出島ではオランダから来られた方々との交流が続けられてお

ります る。しかし今回ほど学問的に成果のあった年は少のうござる。これは学識豊かな先生の人徳の賜物であり、今後も先生と書状にて相互の様子をやり取りしとうござるがいかがであろうか？」

「それはこちらからも望むところです。これからの予定は決まっているわけではありませんが、ヨーロッパに着いて落ち着きましたら、私から皆様に書状をしたためましょう。来年か遅くとも再来年の船でそれは届けられるでありましょう」

「かたじけのうござる」

一同は異口同音に言った。

楽しい宴も終わり、トゥーンベリーは表門まで出島から帰る一同を送った。最後に吉雄幸作と固い握手を交わしながら言った。

「幸作殿、『はな』のことであるが……」

「先生の心配はよくわかり申す」

「いかがなりましょうか？」

「あの女子、先生ひとりをお慕いしておるゆえ、またもとの里に戻るであろう。茂節右衛門にもよく言っておきまする」

それを聞いてトゥーンベリーの心は僅かに軽くなったような気がした。

十一月二十三日、トゥーンベリーは高鉾島で碇泊している「スタフェニッセ」号に乗り込んだ。先行する「ゼータイン」号と共に十二月三日、長崎を後にした。

トゥーンベリーは船尾に立って小さくなる長崎の町に手を振った。

その有様を見ていた商館長フェイトは彼に近づき声をかけた。

「来年もう一度、私と一緒に長崎に来ないか？」

トゥーンベリーはその言葉には答えず、遠ざかる長崎の町と、港に佇む「はな」に手を振り続けた。


翌年一七七七年一月四日、船は無事バタヴィアに到着した。

トゥーンベリーはここに半年ばかり滞在して、ジャワ島の植物を調査することにした。

今までの拘束された生活から解放されて身は軽かったが、心は「はな」を思い出して重かった。しかしここの熱帯の気候はやはり容易ならぬものであった。一年前に日本への出発を前に送別会を開いて彼の前途を祝ってくれた十三人の仲間のうち、十一人がすでに亡くなっていたのだ。それまで彼の強靭な肉体は鉛中毒を除いて病知らずであったが、今回はとうとうマラリヤに冒されてしまった。しかしキナ皮を用いる治療方法によって短時間で健康を回復することができた。

これを見た総督は、好条件でバタヴィアに医師として残ってくれないかと何度も熱心に誘ったのだった。しかしやはり故郷に帰る彼の決心に変わりはなかった。

熱帯植物は確かに不思議で魔術的な魅力に満ち溢れている。空気の冷たい故郷のものとも、それに温帯の日本や南アフリカのものとも異なっている。その神秘を究めることは学問の分野を切り開く価値がある。そのことをトゥーンベリーは十分に認識していた。

しかし今はそれまでに得た知識、成し遂げた業績を、故郷で待つリンネ教授に報告することがより重要である。彼の心は変わらなかった。

七　椿の行方

それでは日本から運ばれた椿はどうなったであろうか。トゥーンベリーはオランダへの帰路、バタヴィアに向かう途上でセイロンに立ち寄り、そこで探検旅行をすることに決めた。ケンペルも立ち寄ったセイロン島の存在が頭から離れなかったのだ。トゥーンベリーはその前にジャワ島で植物調査を行うつもりだった。そのため四株の椿は、トゥーンベリーより一足先にアムステルダムに向かう東インド会社の帆船でバタヴィアを旅立ったのであった。

そして椿は一七七七年の秋にオランダに到着した。アムステルダムのブュルマン教授宅にテセル島の東インド会社から大きな荷物の到着の知らせが届いた。

ブュルマン教授はその時七十一歳の高齢ですでに隠居の身ではあった。トゥーンベリーが長崎港に停泊する船上で悶々とした日々を送っていた時に、ニコラスに宛てて出した便りは届いており、きっとトゥーンベリーが日本からすでに帰国の途についているであろうと想像した。もし彼がもう一年長崎に留まるにしても、彼が託した椿についても恐らく願いどおり届くものと信じて疑わなかった。そこにテセルからの知らせだった。

「間違いなく、トゥーンベリーの船荷だ。すぐに行かなければ」

老教授はすでに跡を継いでいた息子のニコラスに言った。

「父さん、無理しなくていいよ。僕が行って見てくるよ」

ブュルマン教授はそれを手で制して毅然とした態度で言った。普段の彼らしくない興奮状態であった。

「ニコラス、これから忙しくなる。すぐに四人の庭師を用意してくれ。それぞれロンドン、ハノーバー、ドレスデン、それにウィーンに発たせる支度をさせてくれ」

ニコラスは狐につままれたような表情をして聞いた。

「父さん、一体どういうことだい?」

「理由は言えぬ。黙って言うことを聞いてくれ。これから急いで手紙をしたためねばならん」

そう言うと教授は急ぎ書斎に姿を消した。毎日歩くこともままならぬ老体と見なしていた老婦人もその豹変ぶりに驚いた。

積荷が間違いなく日本から送られた植物と判明した数日後、ブュルマン教授は息子と共に四人の使者を伴ってテセル島に赴いた。そこで見た物は四株の椿、蘇鉄、楓など、トゥーンベリーが日本で買い集めた植物だった。その時の老教授の感動はいかばかりのものだったろうか。すべての植物に異常はなかった。四株の椿以外はアムステルダムの植物園に送るよう直ちに指示が出された。

そして椿は、それを持参する使者の庭師に手紙が託され、今度はヨーロッパのそれぞれ異なる旅路を辿ることになった。ロンドンへは庭師のロッディゲス氏に、ハノーバーはヘレンハウゼンの宮殿へ、ドレスデンはピルニッツ庭園に、ウィーンはシェーンブルン宮殿に向けてそれぞれ水路で運ばれていった。

最も遠いウィーンにはロッテルダムのライン川の河口からドイツのフランクフルトに至り、そこからマイン川を遡りドイツの古都バンベルクまでは船旅だった。その後馬車に揺られ、ドナウ河畔のケルハイムまでおよそ百三十キロの陸路を行った。そこから再び船に乗せられ、ドナウ川を遡りウィーンへ至る最も長い旅路であった。

ピルニッツに送られた椿はどうなったであろうか。オランダの帆船に積まれた椿はドイツのクックスハーフェンでエルベ川に入り、ハンブルクで小型の船に乗り換え、ドレスデン近郊のピルニッツ宮殿の船着場まで日本の樽に植えられたまま運ばれた。

日本からの椿が届いたという知らせは、ドレスデンの宮廷に直ちに送られた。それを聞いた国王、フリードリッヒ・アウグスト三世の喜びは尋常ではなかった。直ちにドレスデン駐在のオランダ公使を伴い、ピルニッツ宮殿まで急ぎ馬車を走らせた。

宮殿では宮廷庭師のゴットフリート・テルシェックが椿と共に二人を出迎えた。当時の宮廷庭師の仕事は、庭園の維持管理、宮廷の食卓に新鮮な果物や野菜を供給すること、諸室を花や植物で飾ることであった。これらは全て宮廷すなわち王国の威信を維持して、そして高める極めて重要な役割であった。庭師は親から子にと引き継がれる世襲が多かったが、優秀な者は引く手あまたであった。テルシェックには二人の息子がいた。長男のヨハン・マテウスは当時オランダで庭師の修業中だった。

自らも造園に大きな興味をもっていたフリードリッヒ・アウグスト三世は可憐な椿を見て、まるで大きな宝物を扱うように葉を、小枝を手で触ってみた。

「いたいけな椿であることよ。これが遥々三つの大洋を越えてやって来たのか。よくぞこの地に届いたものよ。大きく育って花を咲かせるであろうか？」

国王はテルシェックに尋ねた。

「大切に育てて見事な花を咲かせてみせましょう。きっと後の世まで人々の目を楽しませてくれることでしょう」

テルシェックは自信満々に答えた。

椿はオランジェリーに置かれた。ここは暖かい土地で生育する植物のための言わば宮殿の温室だった。

それから数か月が経った。椿は地球の反対側から来た疲れもなかったように元気であった。

そしてまだ冬の暗さが残るピルニッツの宮殿に、春の訪れを告げるかのように赤桃色の美しい花を咲かせた。その知らせをテルシェックから受けた国王は、その花を見るためピルニッツの宮殿に急行した。次に宮廷の貴族が、次にマイセンの王立陶磁器会社の社長のカミロ・マルコリーニ伯爵が絵付師を伴って見学に来た。

それは日本から送られた宝石のようでもあり、可憐な舞姫のようでもあった。長年のザクセン国王の夢がとうとう花開いたのだ。

人々は日がな一日その花に見入った。そして盛大な春の宴が催された。その中心は言うまでもなく長崎から来た椿であった。宮殿の大広間に飾られたマイセンで製作された大きな皿には、見事な椿の花が描かれていた。

この時からドレスデンはドイツで有数な椿の産地として、歴史の第一歩を踏み出したのである。やがて諸外国にも輸出されるようになり、ロシアの宮廷では椿の花の頃の舞踏会には椿の花が飾られるのが慣例となった。そして十九世紀には椿はヨーロッパでブームを巻き起こし、文学や音楽、絵画に数多くそのモチーフを提供するようになったのである。


大切に育てられた椿は次第に生長していった。生長に合わせて次第に大きな木製の鉢に植えられていたものの、もはや鉢が巨大になり過ぎていた。一八〇一年の花が終わった五月、テルシェックはいよいよこの椿を宮廷庭園の温室に植えることを決心した。この温室は春になると木製の外壁と窓が撤去され、秋になると再び覆われた。木製の外壁は二重になっており、その中には木の葉が断熱材として詰められていた。

冬季には、二台のストーブが隣接する付属棟に置かれた。そこから暖房の空気が送られ、寒さから植物を守ったのだった。その温室にはイチジクや南洋植物も一緒に植えられていた。温室の大きさは一辺が八メートルと十メートル、ストーブ棟は二メートル角であった。宮廷庭師テルシェックの十九歳になった次男のカール・アドルフはすでに見習いとして働いており、この椿の植え替え作業を手伝った。

いつからこの椿に独立した温室が与えられたかは記録にない。アウグスト・フォン・ミンクヴィッツという人物の著した一八九三年の書物には、「近年、この椿だけの温室が造られ、毎年春に訪れる人々の目をそのたくさんの花で楽しませている」と書かれている。

一九〇五年一月三日午前六時頃、椿の植えられていた温室のストーブ棟から出火した。その火は温室の屋根を全焼させたが、幸いなことに中の椿を完全に燃やすことはなかった。駆けつけた庭師の消火活動による放水で椿はあっという間に凍りつき、それが椿を氷の衣で覆ったのだ。

とはいえ椿の被害は甚大だった。焼け焦げた枝は切り落とされ、その傷から癒えるために枝はさらに短くされた。人々の悲嘆はいかばかりであったろうか。百年以上も前にこの地に来た外来の椿の由来の記憶は薄れていたとはいえ、高祖父の代から受け継いだものが大きく傷ついてしまったとは。庭師の嘆きははかり知れなかった。

しかしこの椿の命は強靭であった。春になると焼け焦げた枝から若芽が吹き出し、夏には再び緑の衣で覆われた。そしてその翌年には椿は再び見事な花を咲かせたのだ。ナポレオン戦争や二十世紀の二つの世界大戦を見守ってきたのだ。

毎年冬を迎えるために造られた木製の温室が一新されたのは一九五一年だった。当時の金額四万八千マルクの建設費で十二角形の温室が新設された。窓は床から屋根まであり、温水を供給する配管がそのまま温室の構造体として使われた。夏になると外壁だけが取り外され、この温水配管はそのまま残されたので、まるで椿は巨大な檻の中にあるような印象を当時の人々に与えた。

そして現在の可動のガラス温室は、ベルリンの壁が落ちた二年後の一九九二年に完成したものである。パラダイムが大きく変わった世界の、新しい家で花を咲かせることになったのである。

現在の椿の大きさは、高さ八・九メートル、木の覆う範囲の直系は十一メートル、地面のそばの幹の周囲は二・一九メートルある。

可動式ガラス温室に守られた椿の木（ピルニッツ宮廷庭園）

ロンドンに送られた椿の消息はどうなっているのだろう。

王立のキュー植物園の消息は次の通り。

「トゥーンベリーがキュー植物園に植物を送ったという記録はない。彼が一七七五〜七六年に日本に滞在して、植物と種子をスウェーデンとオランダに送ったことは知られている。彼が一七七九年にスウェーデンに帰る途中でイギリスに立ち寄ったことは事実であり、それはケンペルがもたらした資料を見るためであった。もし彼がキュー植物園に植物を持ってくれば、それが記録に留められるはずである」

ウィーンのシェーンブルン連邦庭園はどうか。

「トゥーンベリーが椿を送ったという記録は全く見当たらない。先の大戦では温室はすべて破壊され、生き残った植物はほんの僅かだった」

最後にハノーバーのヘレンハウゼン庭園。

「一九三〇年代の植物のほとんどは一八八〇年頃にあったものという言い伝えはある。しかしそれから百年遡った年代の植物がどんな物であったか、残念ながら記録は残っていない」


バタヴィアでの半年の滞在の後、トゥーンベリーはセイロンに向けて出発、一七七七年七月二十九日、コロンボに到着した。セイロン島には一七七八年二月までのやはり半年余り滞在して、そこでも探検旅行を行った。そこを発って南アフリカのケープ総督府には一七七八年四月二十七日に到着。彼を待っていたのは故郷の大学からの手紙であった。

「貴殿をウプサラ大学植物園の助教授に任命する」

それはリンネ教授の息子の後任の職務であった。しかしそれは嬉しいことではあったが、同時に悲しい知らせでもあった。恩師のリンネ教授が亡くなったのは一七七八年一月十日であった。教授の死の直前、息子がウプサラ大学の植物学及び医学の教授職を受け継いでいた。帰心矢の如し。トゥーンベリーは次の船の便で五月十五日にはヨーロッパに向けて早くも船出した。

トゥーンベリーの長い旅の最後にもうひとつの災難が待ち受けていようとは、彼は夢にも思わなかった。彼の乗った東インド会社の帆船は、オランダの目と鼻の先の北海で大嵐に遭遇してしまったのだ。甲板に置かれていたセイロン島で収集した貴重な植物はすっかり流されてしまい、トゥーンベリーは命からがらテセル港に辿りついたのだった。彼の手元に置いた日本で収集した貴重な品々だけが助かったことは不幸中の幸いであった。

オランダのテセル港に着いたのは十月一日であった。実にウプサラを一七七〇年八月に旅立ってから八年二か月後のことであった。

アムステルダムで彼を待っていたのはブュルマン教授父子であった。その時の再会の感動はいかばかりであったろう。彼が先に送った蘇鉄や紅葉はすでに植物園に植えられていた。そして四本の椿が目的地に無事に送られたこともブュルマン教授から語られた。もちろん「はな」のことはトゥーンベリーの胸の奥深くに秘められたままであった。

ブュルマン教授は言った。

「ドクター・トゥーンベリー、あなたはオランダ語を自由に話すことができる。そして困難な数々の探検を乗り越えてきた。どうかライデン大学の教授として後進の指導に当たってくれないだろうか？」

「ブュルマン教授、あなたとニコラスには限りない援助を受けました。感謝しても尽きぬほどです。今度はその恩返しとは思うものの、やはり故郷のウプサラに戻りたいと思っています。まずは私を送り出してくれたリンネ教授の墓前に参りたいと思います」

そして彼は後ろ髪を引かれる思いでロンドンに渡り、ドイツ人探検家であり学者でもあったヨハン・ラインホルト・フォルスターを訪ねた。さらにリンネ教授と親交のあったジョゼフ・バンクスを訪問した。

バンクスは植物学者、自然科学者としてカナダ東海岸のニューファウンドランド及びラブラドル地方を探検して、採集した動植物をリンネの分類法で整理して発表した人物だった。その後ジェイムズ・クックの率いる南太平洋の探検に参加して大いなる業績を上げ、イギリスでは知らぬ者はいないほどの有名人であった。

「サー・バンクス、ひとつお願いがあります。私が日本に行って無事戻って来られたのは、偉大な先覚者、ケンペル博士のお陰でもあります。大英博物館には彼の残した貴重な資料が保管されていると聞きました。それを拝見することは可能でしょうか？」

「ドクター・トゥーンベリー、わかりました。私も一緒に是非見てみたいと思います。あなたであれば私にその価値を詳しく説明できるでしょう」

バンクスは早速大英博物館に彼を案内した。トゥーンベリーはそこに保管されていたケンペルの手記や収集品を間近に見ることができた。長い年月を経て博物館に眠っていた資料は今や生き生きとトゥーンベリーに語りかけた。それはケンペル自身が語りかけるようでもあった。同じ日本に旅した先人の残したものを見つめながら自らの体験を思い出し、彼は思わず涙を流した。

彼はまたキュー庭園をも訪問してそこで長崎の椿と再会を果たした。それは長崎に残した「はな」の分身との再会でもあった。その椿はやはり美しい花をつけており、今にもトゥーンベリーに話しかけてきそうであった。

しかしこの椿との対面は表向きには伏せられていた。その理由は彼が送ったこと自体、決して公表されることはなかったからである。あくまでもジョージ三世所有の椿であった。彼の見た椿は四本のうちの唯一のものであった。トゥーンベリーはヨーロッパに帰って以降、日本から送られた椿の所在地はロンドン以外訪ねてはいない。

彼がロンドンを訪れた時は、恐らく八年にわたる大冒険の主人公として大いにもてはやされたに違いない。その英雄が世界各地から収集された植物が集められているキュー植物園を訪問したとなれば、キュー植物園の権威は一層高まったことであろう。この訪問こそ、後の時代までピルニッツの椿が「ロンドンのキュー植物園から送られた」という伝説の源であろう。

後世の人々がトゥーンベリーと関わりのある椿を語る時、キュー植物園と結びついてさまざまに付加、脚色されたことは想像に難くない。しかしトゥーンベリー自身、彼の椿がどのような経路を辿って各々の目的地に送られたかにはそれほど関心がなかったのかもしれない。彼の心の中には、いつも「はな」が一緒にいたのだから。

一七七九年一月三十日、トゥーンベリーはロンドンを後にしてオランダに向かった。そこで彼を待っていたのはブュルマン教授の訃報であった。トゥーンベリーの大冒険旅行を精力的に援助してくれた大恩人は、一月二十九日にこの世を去っていた。リンネ教授もすでになく、心の大きな支えを失くしたトゥーンベリーは、冷たい雨に濡れるブュルマン教授の墓前に佇み、長い旅路の苦難を思い出して涙した。

そしてドイツを経由して一七七九年三月十四日、ついにウプサラに戻ったのだった。そこでの彼は今までの大旅行の反動か、ほとんどその町から出ることはなく、せいぜいストックホルムに赴くのが最も遠い旅行であった。

リンネ教授の息子の死後、一七八四年には彼はウプサラ大学の植物学及び医学の教授に任命された。後には学長に選出され、彼の名は長くこの大学に記されることになる。一八〇二年にはロシアのサンクト・ペテルブルクの科学アカデミー植物園教授への招聘もあったが、終生ウプサラを離れることはなかった。

彼が波瀾万丈の冒険の後、ビルギッタと結婚したことにも触れておかねばならない。彼女と結ばれたのは大冒険から戻って五年後の一七八四年、四十二歳の時であった。すぐに結婚しなかったのは、いや、できなかったのは、トゥーンベリーには「はな」の面影が心の中で薄れていくまでの時間が必要だったからであろう。二人の間には子供は生まれなかった。一男一女を親戚筋から養子として迎え、さらに血筋の男子を養育したと伝えられている。

ビルギッタは一八一三年に他界、トゥーンベリー自身はそれより十五年後の一八二八年八月八日に八十五歳でウプサラ近郊の別荘で亡くなった。

オランダ東インド会社はこのトゥーンベリーの大旅行の頃から衰退の道を歩み始める。一七八〇年には大きな赤字に陥り、一七九九年十二月三十一日、とうとう百九十七年の歴史に幕を下ろすことになった。

エピローグ

羽田を飛び立った全日空663便の窓から眼下に望む富士の霊峰は雪に覆われていた。トゥーンベリーの長い旅路を辿った私は、ついに長崎に向かった。最後にどうしても行かなければならないと思ったのだ。

長崎空港に到着した飛行機から降りて出島までの道々、春の日差しを受けた山々は薄い緑の衣を纏って私を迎えてくれた。家々の庭には椿が花を咲かせていた。二百三十六年前にトゥーンベリーが江戸に向けて旅立ったのもこんな日であったろう。

明治になって埋め立てられ、当時の面影がすっかりなくなった出島も、表門のあった東側が削られて小さくなったとはいえ、再び復元作業が進められている。今では陸続きになった南側の入り口から中に入ることができる。当時、トゥーンベリーが住んだ外科医専用の住居は残念ながら復元されていない。しかしカピタンの住んだ建物は、当時の様子を伝えるには十分である。

「カピタン部屋」と呼ばれるこの建物には、オランダの運河にかかる跳ね橋に似た階段を上がった二階に入り口がある。日本の住居にしては不思議なこのデザインは、出島に住んだオランダ人のものだ。その階段を上がり大広間に入る。長崎奉行所の貿易関係者と町の有力者を招いて開かれたという宴席が展示されている。

フェイト商館長とトゥーンベリーの着席した当時の宴席の様子を私は想像してみた。その時招かれた日本人はどんな気分でその席に着いていたのだろうか。

中華料理やフランス料理とは違って、今日でもオランダ料理のイメージを思い描くことは易しいことではない。しかしこの展示されている宴席の料理はたいしたものである。一流ホテルのパーティーに出される豪華な料理のようである。目の前の料理が自分たちの食するものとあまりにも違うことに驚き、箸をつけることも躊躇したのではないだろうか。

カピタンの住まいを出た私は、出島の東側の水路に沿って歩いた。するとやはり出島の医師として後に来日したシーボルトが建立した「ケンペル・ツュンベリー（トゥーンべリー）記念碑」を見つけた。それにはラテン語で次のように刻まれている。

ケンペル、ツュンベリーよ
見られよ　君たちの植物がここに来る年毎に緑そい咲きいでて
そが植えたる主を忍びては愛でたき花の髪をなしつつあるを
シーボルト

ひょっとするとシーボルトは、ピルニッツの椿の歴史を知っていたのではないだろうか。彼はドイツのヴュルツブルクの出身なのだ。三八〇キロしか離れていないピルニッツの椿を訪ねたことはなかったであろうか。この碑に刻まれた言葉は、出島に来て歴史にその名を留めている二人の学者に対して、シーボルトがピルニッツの椿を前にして呼びかけたものではないか？

ふと上げた視線の向こうに椿の木があるではないか。

その時、後ろから若い女性の声がした。

「とうとう来られましたね」

振り返るとそこには確かに見覚えのある女性が立っていた。

「あっ！　あなたはピルニッツ庭園の椿の前で会った方では」

私は思わず大きな声を上げていた。

彼女はあの時と同じ、大きな黒い優しい眼差しで私をじっと見つめた。

二百年以上の昔と今が、長崎出島とピルニッツ庭園との空間が錯綜した。私は一体どこにいるのだろうか。

「あなたはきっとここに来られるものと思っていました」

私はただ呆然と、そうつぶやいた彼女の姿を見つめる以外なく、話す言葉もなかった。ピルニッツ庭園の椿の歴史を、そしてトゥーンベリーの旅路をたどる長い旅の終着地、長崎にいることは事実だった。

私はピルニッツ庭園の大きな椿を思い描いた。その木はまだ無数の赤桃色の花をつけている。

すると私はいつの間にかその椿の大木の下に立っている自分に気がついた。地面には夥しい椿の花が落ちている。椿の花の絨毯だ。まるで大きな椿の森にいるようだ。
次の瞬間、一陣の風が起こった。風は椿の葉を揺り動かした。その風は椿の花を空中に舞い上がらせた。

どのくらいの時が経ったのであろうか。
彼女はいつの間にか音もなく消え失せていた。
見上げると一羽の鶴が輪を描きながら舞う姿があった。
それは謡曲「羽衣」の大空に舞う天女の姿のようでもあった。

東遊びの舞の曲
或いは、天つ御空の緑の衣
又は春立つ霞の衣
色香も妙なり少女《おとめ》の裳裾《もすそ》
左右左《さゆうさ》、左右颯颯《さゆうさっさ》の、花をかざしの天の羽衣
靡《なび》くもかへすも舞の袖

そしてゆったりと天空を舞いながら遠ざかっていった。

天つ御空の、霞に紛れて、失せにけり

参考文献

『九州の蘭学 ―越境と交流―』 W・ミヒェル・鳥井裕美子・川嶌眞人・共著 思文閣出版
『江戸参府随行記』 C.P.ツュンベリー著 高橋文訳 平凡社
『オランダ東インド会社』 永積昭 講談社学術文庫
『東インド会社』 浅田實 講談社現代新書
『ケンペル・バーニー祭』 ケンペルとバーニーを讃える会 神奈川新聞社
『ハプスブルク帝国』 加藤雅彦 河出書房新社
『南アフリカを知るための60章』 峯陽一・編著 明石書房
Der grosse Bildatlas zur Weltgeschichte, Unipart-Verlag.Stuttgart 『世界史大図解辞典』
Das Geheimnis der Kamelie, Mustafa Haikel, Schloss & Park Pillnitz 『椿の秘密』
Der Kamelienwald, Mustafa Haikel, Sandstein Verlag 『椿の森』
Kaross und Kimono, Carl Jung Franz, Steiner Verlag Stuttgart 『毛皮のケープと着物』
Great English Speeches 『英語名演説集』 荒井良雄・編 尾崎寔・注釈 英光社
Reise durch einen Theil von Europa,Afrika und Asien,hauptsaechlich in Japan

Carl Peter Thunberg,Christian Heinrich Groskurd『ヨーロッパ、アフリカ、主として日本のアジアの旅：トゥーンベルクの旅行記』
Meissner Porzellan von 1710 bis zur Gegenwart ,Stadt Koeln-Kunstgewerbemuseum『マイセン磁器　一七一〇年から現在まで』ケルン芸術工芸美術館特別展（一九八二）
『田沼意次の時代』大石慎三郎　岩波書店
『田沼意次』村上元三　毎日新聞社
『江戸のオランダ人』片桐一男　中公新書
『カール・フォン・リンネ』トミー・イーセスコーク著　上倉あゆ子訳　武藤文人解説　東海大学出版会
『平賀源内の生涯』平野威馬雄　ちくま文庫
『残花の庭　居眠り磐音　江戸双紙13』佐伯泰英　双葉文庫
『史話　ある偶然』比留木忠治　文芸社
『南の風・北の風』比留木忠治　文芸社
『江戸切絵図』人文社
『出島』長崎市教育委員会

著者プロフィール

柄戸　正（からと　ただし）

1949年生まれ
東京都出身
西ドイツ、シュツットガルト大学留学、早稲田大学理工学研究課建築学科
修士課程修了
清水建設㈱に35年間勤務、2011年退社
現在カフェ　クランツ店主
東京都在住

〔訳書〕
『対馬　日本海海戦とバルチック艦隊』（2011年12月、文芸社）

安永の椿

2012年11月1日　初版第1刷発行

著　者　柄戸 正
発行者　藤本 敏雄
発行所　有限会社万来舎
〒102-0072　東京都千代田区飯田橋2-1-4　九段セントラルビル803
☎　03（5212）4455
E-Mail　letters@banraisha.co.jp
印刷所　株式会社エーヴィスシステムズ

NDC

ISBN978-4-901221-62-7